KB268669

날마다 해피엔딩

날마다 해피엔딩

지은이 법상

1판 1쇄 발행 2011. 5. 18.
1판 10쇄 발행 2023. 8. 1.

발행인 고세규
발행처 김영사

등록 1979년 5월 17일(제406-2003-036호)
주소 경기도 파주시 문발로 197(문발동) 우편번호 10881
전화 마케팅부 031)955-3100, 편집부 031)955-3200, 팩스 031)955-3111

값은 뒤표지에 있습니다.
ISBN 978-89-349-5080-6 03810

홈페이지 www.gimmyoung.com   블로그 blog.naver.com/gybook
인스타그램 instagram.com/gimmyoung   이메일 bestbook@gimmyoung.com

좋은 독자가 좋은 책을 만듭니다.
김영사는 독자 여러분의 의견에 항상 귀 기울이고 있습니다.

날마다 해피엔딩

ALWAYS HAPPY ENDINGS

| 법상 글·사진 |

김영사

새벽녘, 설악의 산맥은 장결한 붉음으로 물들고 하늘에 떠가는 구름도 햇살이 지어준 고운 색동옷을 입을 때면 말로 할 수 없는 평화롭고 고요한 명상에 잠긴다. 대자연도 깊은 명상에 든다. 눈부신 햇살의 속삭임, 해 질 녘 붉게 물드는 산맥과 바다, 밤하늘의 반짝이는 별 등 작고 소박하지만 온 가슴을 물들이는 감동과 경이를 느껴본 사람이라면 당신은 이미 구도자이며 명상가다.

하루 중 자연이 주는 소식에 자주 귀를 기울여 보라. 자연이 만들어 내는 깊은 연주에 몸을 맡기라. 이런 풍경을 오감으로 바라보고 있노라면 분주하던 현실은 어느덧 사라지고 갑자기 세상이 느려지면서 천상과도 같은 고요, 평화, 평안, 행복, 감동, 풍요 등 모든 아름다운 덕목들이 눈처럼 피어난다. 잠시 한 생각 쉬고 대자연에 귀 기울일 때 내가 사는 세상은 전혀 다른 차원으로 옮겨 간다. 온몸의 세포 하나하나까지 온전하게 휴식을 취하게 된다. 동화 속 꿈결 같은 아름다움과 신비로움이 지금 이 순간에 튀어나오는 것만 같다.

이처럼 같은 세상을 매일 반복하며 살지라도 문득 한 생각 내려놓고 가늘고 여린 생명의 속삭임에 귀 기울이는 것만으로도, 혹은 자기 안의 내밀한 공간을 바라보는 것만으로도 전혀 새로운 차원의 반짝이는 삶이 드러나기 시작한다.

삶이란 언제나 눈부신 경이로움으로 빛나고 있다. 다만 우리의 의식이 바로 보기를 꺼려 할 뿐이다.

요즘 많이 듣는 말이 있다. "사는 게 힘들다. 답답하다. 아프다. 죽겠다. 괴롭다."

하기야 이런 말이 어디 요즘뿐이겠는가. 현대뿐 아니라 역사를 이어오며 수많은 사람들 입에서 끊임없이 쏟아져 나온 말일 것이다. 이 문제에 대한 명쾌하고도 분명한 답은 없는 것일까?

물론 괴로움의 문제에 답을 제시해준 수많은 성인들과 영적인 스승들이 있었다. 그리고 그 답들은 오랜 시간이 지났음에도 불구하고 여전히 현대인의 가슴에 큰 지혜와 삶의 지침이 되어오고 있다.

그런데 언뜻 보기에 온갖 종교와 철학, 영적인 스승이나 현자, 성인들이 내려준 답변들이 모두 다른 듯 느껴진다. 그러다 보니 도대체 어떤 가르침을 따라야 하는지, 어떤 가르침이 더 진리에 가까운 것인지,

어떤 종교를 선택해야 하는지에 대해 우리는 늘 궁금하다. 물론 거기에 답은 없어 보인다. 그저 우리의 선택만이 있을 뿐.

인류의 영적인 스승이나 현자, 종교적 성인들의 가르침을 살펴보면 의외로 그 본질에 있어 다르지 않음을 보게 된다. 표현 방식이나 가르침의 내용, 실천 방식과 삶을 바라보는 견해가 서로 명백히 다름에도 불구하고 근원적인 핵심에 이르게 되면 신비하리만큼 연결되어 있음을 본다.

시대와 나라, 종교적 전통이 다른 가르침임에도 불구하고 그 본질이 서로 통하고 있다는 것은 무엇을 뜻하는 것일까? 그것은 이름을 뭐라고 부르든 우주와 삶의 바탕을 이루고 있는 근원적인 진리가 분명히 있음을 뜻하는 것이 아닐까?

물론 때때로 언어나 표현 방식, 문화적 배경 등에 따라 전혀 다르다고 생각되는 가르침이 있을 수 있겠지만, 그럼에도 불구하고 그 근원에서 만나는 동일한 진리의 속성을 볼 때마다 온몸에 깊은 감동과 전율이 흐른다.

그렇다면 인류 역사 속의 수많은 스승들이 설한 진리의 핵심을 만나 볼 수는 없을까? 전통은 다를지라도 근원에서 맞닿아 있는 가르침의 골수를 찾을 수 있다면 어떨까? 그렇게 된다면 어떤 종교를 믿는 사람인지, 어떤 철학적 사상과 가치관을 가졌는지, 어떤 스승을 믿고 따르는지에 상관없이 누구나 그 가르침을 믿고 따를 수 있지 않을까. 더욱이 가르침이 현실에서 누구나 가질 수 있는 괴로움의 문제들을 직접적으로 풀어줄 수 있는 실천적인 내용을 담고 있다면 더없이 좋을 것이다.

이 책은 바로 이러한 생각을 바탕으로 쓰여졌다. 어떤 특정한 틀에 갇히지 않으면서도 모든 가르침과 사상들의 근원에서 만날 수 있는 진리를 실천적인 관점에서 쓰고자 했다. 특히 '어떻게 살아야 하는가', '어떻게 마음을 써야 하는가'라는 측면에 초점을 맞춰 지혜롭게 산다는 것은 과연 어떤 마음으로 사는 것을 의미하는가를 살펴보려고 했다.

여기에서 살펴본 '받아들임', '내려놓음', '끌어당김', '알아차림' 네 가지 마음의 실천법은 어떤 종교, 사상, 철학이든 공통적으로 설하고 있는 핵심적인 사항들이다. 다시 말해 진리와 일치를 이루는 사람들이 걸어간 삶의 방향이며, 누누이 강조하며 실천하라고 일러준 가르침의 핵심이다.

앞으로 본문에서 살펴볼 네 가지 실천적인 마음이야말로 우리를 진리에 이르게 하고, 고(苦)에서 벗어나게 하며, 삶의 모든 문제를 해결해주는 최상의 실천 체계다. 이는 그저 공허한 메아리이거나 문제 해결의 기법, 기교 같은 것이 아니다. 이것은 형이상학적이거나 뜬구름 잡는 식의 신비주의적 발상이 아니다. 직접적이고 강력한 힘을 가진 실천법이다. 매 순간 현실에 접목하여 실천하며 조금씩 의식을 확장시켜나갈 때 삶은 경이로운 반전을 시작하게 될 것이다.

날마다 해피엔딩

바람이 좋다. 새벽 호수 빛은 그 어느 때보다 선벽하게 정신을 일깨운다. 문득, 갈매기의 비상이 내밀한 자유를 화두처럼 던지고 훨훨.

운학사 목소산방에서

법상

차 례

머리말 • 9

받아들임

攝
受

——

모든 존재를 귀하게 여기라 • 21

우연은 없다 • 28

삶의 불확실함을 즐기라 • 34

괴로움을 동반자로 삼으라 • 39

문제의 열쇠는 나에게 있다 • 48

과장된 미래는 없다 • 54

차별 없이 받아들이는 공부 • 60

마음을 닫지 말고 활짝 열라 • 67

지금 여기에서 행복하라 • 75

내려놓음

放
下
着

욕망은 어떻게 생기고 소멸되는가 • 85

며칠 더 미루라 • 92

질병의 두 가지 이유 • 101

내가 작아지는 즐거움 • 108

삶이라는 연극의 역할 놀이 • 115

가치관에 집착하지 말라 • 122

중요한 것이 없는 즐거움 • 129

틀에서 벗어나 자유를 찾으라 • 134

끌어당김

吸
引

———

직관의 소리를 들으라 • 143

100퍼센트 완전연소하는 삶 • 151

자기답게 사는 법 • 158

〈아바타〉와 《시크릿》 • 165

삶을 창조하는 세 가지 마음 • 174

죄의 과보도 피해 갈 수 있다 • 181

운명을 뛰어넘는 법 • 189

가슴 뛰는 삶을 연주하라 • 198

두려워하지 말고 다만 사랑하라 • 205

알아차림

觀
照

세상을 바로 보는 방법 • 215

정보의 홍수 속에서 깨어 있으라 • 221

보디 메이트, 내 안에 누군가가 산다 • 226

화를 다스리는 명상법 • 233

자연과 일상에서 멈추는 명상 • 241

감사와 사랑의 호흡 명상 • 246

나 자신에게는 아무 문제가 없다 • 257

받아들임
攝受

모든 존재를
귀하게 여기라

　현대 과학에서는 유정물과 무정물을 정확히 구분 짓기 어렵다고 한다. 유정물, 다시 말해 생명체는 DNA라는 복제 가능한 유전 물질을 지니고 있어 생식 활동을 통해 자손을 만들어내는 특징이 있다. 반면에 무정물, 무생물은 유전자를 지니고 있지 않다는 것이 상식이다. 그런데 1990년대에 들어와 광우병의 원인체를 규명하면서 밝혀진 프리온(prion)이라는 원인 물질은 유전자가 전혀 없는 단백질에 불과하지만 생물체 내에서 증식하고 전파되어 확산된다는 사실이 발견되면서부터 생물과 무생물의 구분은 전면적인 도전을 받게 되었다.

　이때 비로소 생명과학자들은 생물과 무생물, 유정물과 무정물이란 경계가 따로 없음을 깨닫게 된다. 유정, 무정이라는 것은 우리 인간의 분류이자 분별이었을 뿐 본래 그렇게 나눠진 것이 아니라는 것이다. 그것은 하나의 커다란 바탕으로부터 비롯되어 여러 원인과 결과에 의

받아들임

해 만들어진 모양에 불과하다는 것을 알게 되었고, 이것을 밝힌 미국의 프루지너(Stanley B. Prusiner) 교수는 1997년에 노벨 생리의학상을 받았다.

불교에서도 '유정무정 유형무형(有情無情 有形無形)'의 모든 존재가 불성(佛性)을 지니고 있다고 말하고 있다. 또한 옛 스님들은 "푸른 대나무숲 모두가 진여(眞如)요, 피어 늘어진 노란 꽃은 반야(般若) 아님이 없다"고 했다. 《보장론(寶藏論)》에서는 "불성은 모든 것에 가득하고 풀이나 나무에도 깃들어 있으며, 개미에게도 완전히 퍼져 있으며, 가장 미세한 먼지나 털끝에도 있다. 불성이 없이 존재하는 것은 하나도 없다"고 말하고 있다.

이처럼 유정물이나 무정물이라는 것은 단지 이름일 뿐이다. 그리고 그에 따라 인간이 귀천과 우열을 나누어 놓았을 뿐이지 본바탕에는 전혀 차이가 없다. 아무리 하찮게 생각되는 무정물일지라도 그로 인해 내가 죽임을 당할 수도 있고 큰 깨달음을 얻을 수도 있다. 그래서 옛 스님들은 무정물이 언제나 법을 설하고 있지만 그것을 듣는 것은 오직 성인들뿐이라고 했다.

하찮게 생각되는 발아래의 꽃을 신비로운 마음으로 보기 위해 고개를 숙임으로써 나에게 날아오던 화살을 피하게 될 수도 있고, 밤길에 차를 운전하던 중에 불쑥 나타난 토끼 한 마리를 피하려다가 사고가 날 수도 있다. 그리고 그 사소한 사건이 내 운명을 갈라놓을 수도 있다. 내 운명을 변화시키는 것이 반드시 인간이기만 한 것은 아니다. 이 우주의 모든 유정물과 무정물이 나와 연결되어 있다.

어느 하나도 하찮은 것은 없다. 더 귀하거나 천한 것도 없다. 더 중요하거나 덜 중요한 것도 없다. 너와 내가 소중한 것처럼 나무와 풀, 산, 흙, 심지어 자동차와 의자, 집, 컴퓨터 또한 소중하다. 사랑하는 사람이나 존경하는 스승, 부처님 앞에 섰을 때의 마음으로 모든 존재 앞에 서라.

유정물이든 무정물이든 모든 존재 앞에 세상에서 가장 존귀한 마음으로 다가서라. 일체 모든 존재를 존중하고 찬탄하라. 이 세상의 생명 있고 없는 모든 존재에게 무한한 공경심으로 엎드려 절하라. 매 순간 세상 만물에게 기도하라.

유정물과 무정물이 결코 다르지 않고 모든 것이 인연법의 진리 안에서 동등한 입장으로 나와 인연 짓고 있음을 안다면, 세상에 더 이상 존귀하지 않은 것이 없음을 깨닫게 될 것이다. 바로 그때 우리의 삶은 경이로운 변화를 맞게 된다. 이 세상을 향한 지고한 공경심과 모든 존재를 향한 평등한 자비심이야말로 모든 수행자의 세상을 향한 마음이다.

학창 시절에 원소에 대해 배웠을 것이다. 그때 나는 큰 충격을 받았다. 그동안 학교에서 배웠던 것은 인간이 우월하다는 것이었고 당연히 인간과 자연, 인간과 무정물은 하늘과 땅 차이일 수밖에 없었는데, 인간과 자연, 유정물과 무정물을 이루는 근본 원소가 동일하다는 것은 큰

받아들임

날마다 해피엔딩

충격이 아닐 수 없었다. 동일한 원소들이 '어떤 인연으로 모였느냐'에 따라 인간이나 동·식물도 되고 심지어 자동차, 빌딩, 집, 물도 된다. 이것은 유정물과 무정물에 그 어떤 차별도 없다는 반증이 아닌가. 결국 겉모습의 차이가 있을 뿐 근원적인 높고 낮음, 귀하고 천함의 차별은 없다.

나는 때때로 많은 사람들 틈에서 벗어나 호젓한 산길을 홀로 걸을 때나 낯설고 인적 드문 여행지를 거닐 때조차 혼자 있는 것이 아니라 그 어떤 '존재'와 함께하고 있다는 미세한 느낌을 받곤 한다. 우리가 완전히 혼자 있을 때조차 사실은 혼자가 아닌 것이다. 이 우주와 발 딛고 서 있는 대지가 나와 함께 있는 것이며 내 눈에 보이는 모든 유정물, 무정물이 내 곁에서 따뜻한 도반으로 나를 지켜주고 있는 것이 아닐까.

아, 이 얼마나 가슴 벅찬 일인가. 이러한 통찰 속에서 우리의 삶은 매 순간 공경심과 찬탄이 우러나온다. 어찌 이런 세상이 신비롭지 않을 수 있겠는가. 또 귀하지 않은 것이 있겠는가. 이러한 통찰은 우리의 삶이 모든 존재를 향해 활짝 열려 있게 해주며, 모든 존재를 평등한 부처로서 섬기고 시봉할 수 있게 해준다.

자동차를 타고 멀리 출장을 갈 때 자동차를 향해 동료 의식과 도반 의식을 가지고 존중하며 감사하는 마음을 보내라. 내 마음이 자동차와 이 세상 모든 것들을 향한 한없는 자비심과 공경심으로 넘칠 때 오늘의 운행이 안전하도록 법계에서 자동차와 공동으로 도울 것이다. 설령 오

받아들임

늘 자동차 사고가 날 업이었다고 할지라도 모든 존재를 향한 깊은 존중과 감사, 공경심으로 조금 더 주의 깊게 운전을 함으로써 차량 사고의 인연이 소멸될 수도 있는 것이다.

물이나 식물도 사랑과 자비로운 마음을 줄 때 그 결정이 아름다워지고 고요한 파장을 보낸다고 하지 않는가. 또한 사람 마음에 따라 세포와 원소도 큰 차이를 보인다고 한다. 그러니 모든 기도의 핵심인 감사와 존중, 공경심으로 세상을 바라보면 주위의 모든 유정물, 무정물은 당연히 아름답고도 청정한 파장을 보내올 것이다.

무정물조차 나보다 못할 것이 없는 법계의 스승이자 도반이라면 하물며 사람들 사이에 차별이 있겠는가. 더 귀한 사람, 더 천한 사람, 더 중요한 사람, 덜 중요한 사람의 구분은 무의미해진다. 아무리 위대한 성인일지라도 바보나 정신병자에게 죽임을 당할 수도 있다. 목련존자는 신통력으로 무엇이든 할 수 있었지만 이생에서의 인연이 다했음을 알고 이교도들의 돌에 맞아 죽었다. 그것이 바로 목련의 인연이었음을 바로 보고 받아들였던 것이다. 반대로 아무리 하찮게 느껴지는 사람일지라도 그 사람에게서 내 인생의 가장 큰 깨달음을 얻을 수도 있다.

내 인생에 귀하고 천한 사람은 없다. 중요하고 중요하지 않거나, 좋거나 싫다고 정해진 사람은 없다. 생명이 있고 없는 모든 존재가 똑같은 비중으로 공경받아 마땅한 무한 생명의 어머니인 것이다.

살아 있는 지혜, 깨달음의 실천이라는 것은 바로 그런 것이 아닐까.

지금 내 앞에 있는 존재에게 내가 할 수 있는 최선의 마음을 보내주는 것, 나의 모든 공경심을 바치는 것, 나와 함께 있는 모든 무정물에게조차 찬탄과 감사의 마음을 보내는 것, 그것이야말로 모든 수행자의 세상을 향한 차별 없이 열린 마음이다.

지금 내 앞에 있는 바로 그 사람이 부처다. 지금 내 앞에 있는 바로 그것이 부처다.

받아들임

우연은
없다

평화로운 오후, 길을 걷고 있던 사람이 추락하는 대형 광고판에 맞아 목숨을 잃었고, 또 다른 사람은 대형 마트에서 쇼핑을 하다가 광고판에 머리를 맞아 의식을 잃고 쓰러진 사고가 실제로 발생했다. 그 복잡한 길과 마트에서 수많은 사람이 그 광고판 아래를 걷고 있었는데 하필이면 왜 그 순간 그 사람에게, 그 광고판이 떨어지게 되었을까? 일부러 어떤 사람이 광고판 위에 서 있다가 그 사람을 맞히려고 했더라도 그 사람의 머리에 정확히 떨어뜨리기란 좀처럼 쉽지 않은 일이다.

그저 단순한 우연이었을까. 불교에서는 우연이란 없다고 한다. 그 또한 그 사람의 인연이요, 업이다. 다시 말해서 그 사람은 그 시각 그곳을 걷도록 되어 있었고, 그때에 맞춰 그 광고판이 추락할 수밖에 없던 인연이었다. 사람의 목숨이 아무런 인연이나 이유도 없이 우연히 다할 수는 없다. 생사라는 것은 정확하게 인연 따라 오고 갈 뿐이다.

날마다 해피엔딩

그렇다면 의문이 하나 생긴다. 어떻게 그 광고판은 그때 그 사람이 죽을 업이란 것을 알고 그 순간, 정확하게 그 사람을 맞혔단 말인가? 인과응보가 사람과 사람 사이의 인과관계라고 한다면 이해가 가지만, 사람과 물질 사이에도 인과관계가 성립할 수 있는가? 그러나 사람과 물질 사이에도 인과관계와 인연법은 성립한다. 우주의 법칙이자 법계의 인연법은 인간에게만, 혹은 생명이 있는 유정물에게만 한정되는 법칙이 아니다. 그것은 인간뿐 아니라 유정물과 모든 무정물에게까지 확장되는 우주의 법칙이다. 그것이 바로 우리가 유정물뿐 아니라 무정물에게도 자비와 존귀한 마음을 보내야 하는 이유다.

예를 들어 자동차를 타고 고속도로를 달리고 있는데 자체 엔진 고장을 일으켜 시동이 꺼지면서 갑자기 멈추게 되었다고 생각해보자. 그래서 대형 사고의 원인이 되어 많은 사람이 사망하거나 부상을 당했다. 그렇다면 그 사고에 연관된 많은 이들은 아무런 이유 없이 그저 우연히 사고를 당했을까? 그렇지 않다. 사고가 날 만한 인연이 있었던 것이다. 사고가 날 인연을 가진 사람들이 마침 그 고속도로를 질주하고 있었던 것이다.

모든 것이 인연 따라 생기고 인연 따라 소멸한다. 우연은 없다. 그렇다면 고장 난 자동차 엔진이 모든 인연법과 인과응보를 환히 알고, 사고가 날 모든 사람의 운명과 업을 따져본 뒤 그 순간에 그 일을 치밀하게 계획하여 꾸며낸 것인가? 그렇다. 말하자면 그렇다는 것이다. 더 엄밀히 말해 그 자동차 엔진이 그런 일을 직접 했다기보다는 법계의 인과응보라는 이치가 그 일을 계획하고 자동차 엔진은 거기에 협조할 수밖에 없었던 것이다. 우리는 모두 큰 틀에서 인연법이라는 법계의 큰 진리의 흐름 속에서 나고 죽으며 삶을 살아가고 있을 뿐이니까.

이쯤에서 가만히 생각해보자. 광고판이나 자동차 엔진이 도대체 무엇이기에 사람을 죽이고 살리는 몫을 할 수 있단 말인가. 불교에서는 사람뿐 아니라 동물과 식물 모두가 불성을 지니고 있다고 보며 그들을 결코 인간 아래에 두지 않는다. 인간이 인간에게 죽임을 당할 수 있듯 동물이나 식물, 심지어 무정물에게도 죽임을 당할 수 있다. 그들과 인간은 인연법의 차원에서 서로 동등하다.

어떤 사람은 말한다. "고장 나기 직전의 차였는데 주행 중에는 괜찮았고, 다행히도 집에 도착하자마자 고장 났다"고. 그래서 사고 없이 집까지 무사히 잘 왔다고 말이다. 또 어떤 사람은 반대로 아주 좋은 차를 타고 있었으면서도 차량이 문제를 일으켜 집까지 오는 데 몇 시간이 더 걸렸을 수도 있다. 늦게 오는 것도 사고 없이 빨리 오는 것도 그럴 만한 인연이다.

사업가가 아주 중대한 업무로 해외 사업가와의 미팅에 가는데 차량 사고로 늦는 바람에 큰 투자를 놓칠 수도 있다. 하필이면 왜 그 중요한 순간에 차량이 고장 나는가. 차량 결함만 아니었어도 대박이 났을 텐데. 그러나 정말 그럴까. 혹시 법계에서 그 사업이 대박이 나기에는 아

받아들임

직 이른 때였거나 아직 그 사람이 덜 성숙했거나, 복이 부족했거나, 그 릇이 작거나 하는 이유로 차량 고장이라는 인연을 통해 그 사업을 뒤로 미룬 것은 아닐까.

그렇다면 바로 그 차와 고장 난 엔진은 온전한 법계의 이치에 따라 아주 여법한 진리를 수행한 것이리라. 법계와 진리의 일부로서 바로 그 인연법이라는 우주적인 오케스트라 연주에 동참한 것이다.

그러나 사람들은 그 상황에서 모든 것을 자동차 탓으로 돌린다. 흥분해서 자동차 바퀴를 발로 걷어차거나 혹은 그 차를 폐차시키고 새 차를 사는 것으로 울분을 풀곤 한다. 그러나 그것은 차의 문제가 아니라 순수한 내 문제다. 차가 바로 그때 고장이 난 것은 우연이 아니라 우주적인 원인이 있었던 것이다. 이 법계 우주가 각본을 쓰고 그 차는 단지 조연을 맡았을 뿐이다. 아니 법계와 차가 공동 감독 및 주연을 맡은 연극이라는 편이 옳겠다.

이와 같이 모든 것은 저마다의 이유와 목적이 있어서 일어난다. 어쩌다 보니 그렇게 된 것이 아니다. 그래서 우리는 어떤 하나의 사건이 일어난 모든 이유를 알 수가 없다. 그 원인은 하나가 아니라 무량수의 인연이기 때문이다. 이 사실을 안다면 우리의 삶은 완전한 전환을 이룰 수 있을 것이다. 세상 모든 일이 꼭 필요한 법계의 일이고, 따로 떨어져 일어나는 일이 아니라 인연 속에서 일어난다는 것을 안다면 모든 것을 받아들일 수 있는 대 긍정, 대 수용의 마음이 생겨날 것이다. 좋고 나쁨을 나누지 않는 무분별의 열린 가슴이 생겨날 것이다.

삶 속에서 만나는 모든 사람, 모든 일, 모든 아픔을 있는 그대로 받아들이라. 완전히 수용하라. 무한 긍정의 관점에서 한 점 의혹 없이 받아들이라.

삶의 불확실함을
즐기라

삶은 언제나 불확실하다. 내 삶이 어떻게 될는지 아무도 모른다. 늘 불안정하고, 불안하며, 심지어 위험하기까지 하다. 그러나 역설적이게도 그렇기 때문에 삶은 아름답다. 안정적이고 분명한 미래가 보장되어 있는 삶은 얼마나 생기가 없을 것인가. 그런 삶을 사는 자는 언뜻 보기에는 행복해 보이겠지만 속박되어 나약해질 뿐이다.

모든 것이 정해져 있고, 그것도 확실하게 보장되어 있다면 거기에 나만의 자유의지를 펼칠 공간이 없다. 확실한 삶에 틀어박혀 구속된 채 자유를 잃고 헤맬 수밖에 없다. 그런 삶은 얼마나 재미없겠는가.

내일 무슨 일이 일어날지 한 달, 일 년, 십 년 뒤 먼 미래에는 무슨 일이 일어날지 분명히 알 수 있다면 그것처럼 따분하고 기계적인 삶이 또 있을까. 그것은 삶이 아니다. 그저 기계의 움직임일 뿐. 아무리 부유한 미래일지라도 그것은 구속이요, 속박이다. 돈과 재물로 가득 찬 부유한 노후라고 할지라도 지혜로운 사람이라면 그런 삶에 매력을 느끼지 못하고 지쳐버릴지도 모른다.

불확실한 미래를 걱정하고, 노후를 준비하려 들지 말라. 내 삶의 미래며 노후가 아름다운 것은 불확실하고 불안정하기 때문이다. 가장 분명하고 알찬 노후 준비는 오직 지금 이 순간에 주어진 삶을 온전하게 받아들이고 살아내는 일이다. 노후 자금을 은행에 넣어두는 일보다 더 중요한 것은 바로 지금 이 순간의 깨어 있는 삶으로써 시공(時空)의 법계에 무량한 공덕을 저축하는 일이다. 단 한순간의 미래도 보장되어 있지 않고 언제나 변하기 때문에 경이롭다. 우리는 불확실한 흐름을 거스르지 않고 나를 얹어 따라 흐를 수 있을 뿐이다.

물론 불확실하고 정해진 바가 없다면 불안할 수도 있다. 그러나 불안을 두려워하지 말라. 내 삶에서 때때로 마주하게 될 혼란과 위험을 거부하지 말라. 괴로움, 아픔, 상처, 좌절, 패배, 슬픔, 공포 등으로 아파하지 말라. 삶이란 우리 생각처럼 그렇게 좋은 일만 일어나는 곳이 아니다. 내가 원하는 일만 일어나는 곳도 아니다. 원하는 대로 다 하면서 살 수 있는 사람이나 그런 삶은 없다. 좋은 일만 일어나며, 원하는 대로 다 하고 살 수 있는 인생이 있다면 그처럼 따분하고 불행한 삶도 없을 것이다. 그런 삶에는 생기도, 지혜도, 자유도 없다.

지나온 삶을 돌이켜 보라. 생의 어느 순간에 내 존재를 스쳐 간 수많은 아픔과 고통, 좌절 들이야말로 내 삶에 없어서는 안 될, 지금의 나

받아들임

36
날마다 해피엔딩

를 나일 수 있게 해주는 소중한 감로였고 동반자였다. 그때 그 아픔이 없었다면 어떻게 지금의 내가 있겠는가. 모든 아픔과 고통, 좌절 들은 어떤 방법으로든 내 삶에 성장과 성숙을 가져다준다. 그중에는 내가 충분히 깨달을 수 있을 만큼 성장을 가져다준 것도 있고, 도저히 그 아픔 속에서 무슨 깨달음이 있을까 싶을 정도로 좋지 않은 기억만을 가져다준 것도 있을 것이다. 그러나 후자의 기억 또한 어떠한 방법으로든 지금의 나를 만드는 데 분명히 기여를 했으며 내가 알지 못하는 사이 나를 도왔다. 인생의 어느 순간 삶의 통찰이 깊어지게 되면 그때의 아픔이 나에게 어떤 성장을 가져다주었는지, 어떤 도움을 주었는지를 깨닫게 되는 날이 있을 것이다.

누구나 아픔과 괴로움 없는 삶, 순탄한 삶을 꿈꾸지만 아이러니하게도 사실 그런 삶 속에서 깨우침이나 성숙, 지혜, 자비를 꽃피우기란 어렵다. 원하는 것을 다 가질 수 있고, 원하는 대로 다 할 수 있는 삶이란 고작해야 우리에게 어리석고 공허한 내면을 가져다줄 뿐이다.

이 세상의 근본 이치는 언제나 변한다는 제행무상(諸行無常)과 고정되고 확정적인 것은 아무것도 없다는 제법무아(諸法無我)의 가르침을 따른다. 그러므로 삶이란 언제나 불안전하고 불안정하며 괴로울 수밖에 없다는 일체개고(一切皆苦)의 사상에 기초하고 있다. 그것이 삶의 기본 원칙이며 이치이다. 그런데 사람들은 기초를 거스르려 애쓴다. 불안정하고 불확실하며 끊임없이 변하는 세상을 살면서 안정적이고 확실하며 불변하는 미래를 꿈꾼다. 그러나 그것은 어디까지나 꿈이고 환영이며 억지일 뿐이다. 없는 것을 찾아 나서봐야 찾을 수 있는 것은 없다.

삶을 전체적으로 받아들이라. 삶의 불확실성과 불안정성을 있는 그대로 수용하고 인정하라. 그렇게 할 때 삶은 아름다워진다. 사실 불안하고 불안정하며 삶의 곳곳에 내재된 위험과 혼돈이 있기에 삶은 경이롭고 찬연히 빛날 수 있는 것이다. 역경을 이겨낸 도전이 없다면 우리 삶은 얼마나 피폐하고 나약해질 것인가.

마음을 편안하게 가지라. 느긋하게 삶의 혼란을 즐기라. 아수라장이나 난장판같이 튀어나오는 삶의 모든 위험들을 한 발짝 떨어져 가만히 지켜보라. 다가오는 삶을 전체적으로 느끼고 수용하라. 그리고 모든 삶에 감사하라. 이렇게 될 수도 있고, 저렇게 될 수도 있으며, 이것이 될 수도 있고, 저것이 될 수도 있는 모든 가능성이 열려 있는 삶이란 얼마나 생기 있고 아름다운가.

삶의 모퉁이에서 역경과 위험, 좌절을 만나게 된다면 호흡을 가다듬고 반짝이는 눈으로 지켜보라. 혼란스러운 삶도 깊이 바라보면 눈부시게 빛난다.

날마다 해피엔딩

괴로움을
동반자로 삼으라

인생이 자꾸만 꼬여서 괴롭고 답답한가? 지금이 인생에서 최악의 순간인가? 괴로운 일들이 몇 가지씩 겹쳐서 혼란스러운가? 잘되었다. 지금이 바로 삶의 경이로운 반전이 시작될 시점이다. 내 생에 가장 큰 공부가 곧 시작될 것이니 정신을 바짝 차리고 주의 깊게 삶을 지켜보라.

'이럴 때 도대체 어떻게 해야 하느냐'고 고민만 하지 말고 주의 깊게 마음을 지켜보라. 내 앞에 펼쳐지는 삶을 해석하거나 분별하지 말고 전체적으로 지켜보라. 지켜보는 관조(觀照)가 예민해지고 깊어지는 순간 마음의 메시지를 듣게 되거나 혹은 불현듯 어떤 생각이 떠오를 수도 있다. 기도나 절을 하고 싶을 수도 있고, 아니면 무언가를 저질러볼까 하는 생각이 일어날 수도 있다. 그렇다면 그것을 하라. 주의 깊게 지켜보면서 매 순간 주어진 삶을 살라. 운이 좋다면 삶의 엄청난 기적이 일어나는 순간을 놓치지 않고 알아챌 수도 있다.

기적은 아주 사소하게 우리 삶에 등장한다. 진리도, 변화도, 깨달음도 그렇다. 언제나 정점을 지나는 일은 놀라울 만큼 조용하고 차분하고 미세하게 다가온다. 어쩌면 우리 삶에 엄청난 진리가, 부처가, 신이 봄바람 불듯 살며시 왔다가 살며시 몇 번이고 우리 존재를 스쳤을 터이다. 때문에 깊이 있게 삶을 지켜보아야 놓치지 않을 수 있다.

이처럼 진리는 삶의 역경과 혼란을 타고 온다. 삶이 비탈진 내리막에서 뒤집혀 내동댕이쳐지고 있을 때 도리어 삶의 획기적인 변화가 소리 없이 찾아온다. 이처럼 위험과 역경은 우리를 더욱더 내면 깊은 곳에 뿌리내리게 하고 존재의 심연(深淵)에 이르게 해주는 영적인 동반자요, 도반이다. 역경(逆境)이 없고 순경(順境)만 있는 삶이란 그 자체가 곧 가장 큰 역경이다. 우리의 삶에 역경과 순경, 평안과 불안, 긴장과 이완이 반복된다는 것은 감사하고 당연한 일이다. 그것이 삶의 속성이요, 진리의 모습이다. 우리는 다만 그것을 있는 그대로 받아들이면 된다. 좋고 나쁨, 집착과 미움으로 받아들일 것이 아니라 오면 오는 대로, 가면 가는 대로 그저 받아들이면 된다. 불안과 위험을 버리고 행복하고 순탄한 삶만을 바란다면 그때부터 삶은 그대를 외면할뿐더러 심지어 파멸시켜 버릴 것이다. 그런 사람은 삶을 온전하게 살아낼 수가 없다. 온전한 삶이 그대를 비켜가기 때문이다.

사실 수행의 길, 명상의 길, 영적인 구도의 길이라는 것 또한 괴로움이 없고 항상 즐거움만 있는 길이 아니다. 어떤 사람들은 명상을 하면

날마다 해피엔딩

받아들임

괴로운 일과 장애가 사라지고 항상 즐거운 일만 일어날 것이라고 생각하곤 한다. 그러나 오히려 구도의 길에는 온갖 가시밭이 놓일 수도 있고, 일반인보다 더 큰 아픔과 좌절, 슬픔을 겪어야 할 수도 있다. 아픔과 괴로움에 대항해 싸우거나 도망치려 하지 않으니 오히려 그들이 물밀듯 밀려올 수도 있다. 그러나 그것은 구도의 길을 돕기 위한 법계의 배려요, 신의 사랑이고, 부처님의 자비이다. 지혜로운 이는 아픔과 좌절 속에서 부처님의 자비로운 이끎과 신의 사랑스러운 도우심을 본다.

때때로 구도의 길을 걷는 이들은 자신을 단련시키기 위해 일부러 괴로운 상황을 만들어내기도 한다. 그렇게 함으로써 자신을 더욱 공부의 한가운데로 몰아넣고 자신 안에서 어떤 일이 일어나고 있는지, 괴로운 상황 속에서 자신의 마음이 어떻게 변화해가는지를 지켜본다. 실제로 티베트에서는 수행을 시작하기 전에 괴로움을 청하는 축원을 암송하기도 한다. 수행을 통해 지혜와 자비, 인내와 정진을 성취하는 것이다. 우리의 삶 앞에 펼쳐지는 괴로움에 아파하고 좌절할 필요가 있는가. 오히려 그때를 소중한 공부의 기회로 삼아야 한다. 내 삶이 한 단계 도약할 수 있는, 내 정신의 지평이 한층 넓어질 수 있는 소중한 기회로 여겨야 한다.

물론 즐거운 일도 마찬가지다. 괴로움이 공부의 재료이듯 즐거움 또한 공부의 재료가 된다. 즐거움이 오더라도 거기에 집착해 더 많은 즐거움을 쟁취하려 애쓸 것도 없고 고행을 위해 즐거움을 모두 내다 버릴 필요도 없다. 즐거움이 오든 괴로움이 오든 그것은 한 줄기 바람이 내 존재 위를 스쳐 가는 것에 다름 아니다. 그것은 즐거운 것도 괴로운 것도 아닌 '어떤 인연'이 잠시 오고 가는 것일 뿐이다. 그러니 들뜰 것도, 가라앉을 것도 없는 것이다.

언제나 우리의 인생에서는 '어떤' 일이 일어날 뿐이지 좋은 일이나 나쁜 일이 일어나는 법은 없다. 이 모든 '어떤 일'들은 항상 부처님의 자비와 하느님의 사랑으로서 내 존재 위에 살며시 내려앉았다가 인연이 다하면 살며시 돌아갈 뿐이다. 내 삶에는 괴로운 일도 없고 즐거운 일도 없다. 다만 심심한 일상에 '어떤 일'들이 우리를 돕고 정신의 지평을 넓혀주기 위해 꿈이나 환영처럼 잠시 왔다가 갈 뿐인 것이다.

삶을 조종하려 들지 말라. 삶을 내 방식대로 통제하려 들지 말라. 내가 원하는 삶만을 살고자 애쓰지 말라. 그런 삶은 없다. 내 앞에 일어나는 삶을 아무런 조건 없이 받아들이라. 좋고 나쁜 것을 분별하여 선택적으로 받아들이지 말라.

안정적이고 평탄한 삶만을 추구하려는 생각이 모든 문제를 부른다. 순탄한 삶만을 바라는 생각이 도리어 순탄하지 못한 삶을 만들어낸다. 고정된 생각이 많을수록 생각했던 삶과는 점점 더 멀어지고 만다. '이러이러한 삶'을 살아야겠다는 모든 생각을 놓아버릴 때 삶은 저절로 본연의 길을 걷게 된다. 편안함을 갈구할수록 더욱 불편해지고, 안정을 갈구할수록 삶은 더욱 불안해진다. 편안과 안정에 대한 욕구를 놓아버

날마다 해피엔딩

릴 때 비로소 삶은 순조롭다.

'자녀를 망칠 수 있는 가장 확실한 방법은 원하는 대로 다 해주는 것'이란 말은 많은 것을 생각하게 한다. 어렸을 적에 아버지는 내가 넘어져서 피가 나더라도 "일어나자, 일어날 수 있어" 하고 응원해주실지언정 호들갑스레 달려와서 일으켜주고 옷을 털어주지는 않으셨다. 대학 입학 후에도 스스로 학비와 용돈을 벌어 쓰고 정 힘들 때만 말하라고 하셨다. 괴로운 상황이나 좌절 속에서 스스로 이겨낼 수 있도록 믿고 맡겨주는 것은, 무관심이나 냉정 그 이상의 지혜롭고 자비로운 배려이다. 수행자의 삶이란 바로 그런 것이다.

명상적이고 선(禪)적인 삶은 고난과 역경, 좌절 속에서도 피어나는 꽃봉오리의 의미를 깨닫는 것이다.

보통 사람들은 삶에서 어떤 문제에 부딪혔을 때 그 겉에 드러난 표면적인 상황만을 보기 때문에 쉽게 상처받고, 좌절하며, 괴로워하지만 보다 영적으로 깨어 있는 이는 문제의 심연에서 피어나는 의미를 지혜롭게 관찰하곤 한다. 언제나 난관은 우리를 돕기 위한 자비와 사랑이라는 분명한 목적을 가지고 노크한다.

극단적인 좌절과 고통이 오히려 극적인 기쁨이나 삶의 대전환이 되는 경우도 있지 않은가. 최악의 상황에서 인생을 포기하려던 사람들의 기도를 들은 적이 있는가. 절망의 나락에 빠져 있을수록 그곳에서 빠져나오려는 에너지가 최고조에 달한다. 그리고 그 에너지가 단번에 그 상

받아들임

황을 바꾸어 놓을 수도 있다. 극과 극은 언제나 가깝다. 그 둘은 서로 다른 극단이 아니라 다만 에너지의 다른 흐름일 뿐이다. 에너지의 흐름을 살짝만 바꾸어도 그 순간 삶은 경이로운 반전이 시작된다. 그렇기에 최악의 괴로운 삶은 곧 최고의 행복과 가깝다. 그 둘은 먼발치에 선 적이 아니라 어깨동무를 하고 있는 길벗이다. 살짝 고개만 돌려도 언제나 눈빛을 나눌 수 있다.

보통 사람들이 삶에서 난관에 부딪혔을 때 해결하는 방법에는 두 가지가 있다. 첫째는 회피, 둘째는 투쟁이다. 회피는 괴로움과의 대면에 대한 두려움이다. 괴로움을 피해 도망칠 곳을 찾으려고 애쓴다. 그러나 다른 관심사나 일을 찾아 나서면 잠시는 그 문제를 잊은 듯해도 사라진 것이 아니기 때문에 인연을 만나면 다시 되살아난다. 또 어떤 사람은 괴로운 문제를 어떻게든 이겨보려고 애쓴다. 괴로운 문제와의 투쟁을 선포한다. 괴로움을 향해 화를 내보기도 하고, 기도나 수행을 통해 이겨보려고 애쓰기도 한다. 물론 전자보다는 조금 더 나은 방법일 수도 있겠지만 이 방법 또한 그리 좋은 방법은 아니다. 기도나 수행은 문제를 없애고 문제와의 투쟁에서 승리하기 위한 무기가 아니다.

예를 들어 어떤 사람들은 몸이 병들었을 때 그 부분을 창으로 찌르고 칼로 자르는 상상을 하면서 병이 사라지기를 바라기도 하고, 어떤 수련 단체에서는 몸이 있기에 괴로움이 있는 것이라며 무아를 증득하려면 몸을 없애야 한다는 논리를 내세워 몸을 해치는 각종 방법을 동원해 상상으로 몸을 죽여 없애라고 권하기도 한다. 이 두 방법은 모두 지혜로운 중도의 길이 아니다. 부정하면서 회피하는 것이나 투쟁을 통해 이겨내려는 것 모두 극단의 방법일 뿐이다.

삶에서 부딪치는 문제를 해결하는 가장 지혜로운 중도의 길은 회피하거나 투쟁하는 양 극단을 떠나 있는 그대로 내버려두고(止) 가만히 지켜보는 것(觀)이다. 아픔이 오면 아픔이 오도록 그저 내버려 두라. 아픔이 내 존재 위를 스치고 지나가도록 그저 놔두고 어떻게 왔다가 스쳐 지나가는지를 묵연히 바라보기만 하라. 아픔을 나와 둘로 나누어놓고 나면 아픔으로부터 도망치거나, 아니면 싸워 이기거나 둘 중 하나의 방법을 쓸 수밖에 없다. 하지만, 아픔을 나와 둘로 나누지 않고 내 존재의 일부분으로, 내 삶과 하나로 가만히 포개어 놓고 나면 더 이상 아픔과 싸우거나 도망칠 필요가 없음을 깨닫게 된다. 그것이 아픔과 괴로움, 좌절을 다루는 중도적인 수행 방법이다.

문제의 열쇠는
나에게 있다

가끔 신도님들 중에는 스님께 상담을 한 후 문제가 풀렸다는 말씀을 하신다. 그러면서 특별히 스님께서 답을 주신 것 같지는 않다고 한다. 또 병을 앓던 환자가 스님을 친견한 후 호전되기 시작했다는, 상식으로는 이해되지 않는 일들이 일어나곤 한다.

그것이 정말 가능할까? 그렇다. 스님과 평범한 심리상담가의 차이가 여기에 있는 것이다. 상담가들은 내담자의 문제를 타인의 문제로 보고 어떻게 치유를 하면 될지를 알려주는 데 반해 수행자는 상대방이 가져온 문제를 타인의 것으로 생각하지 않고 바로 내 문제라고 받아들인다. 상대방과 나 사이에는 연기법이라는 법칙으로써 긴밀히 연결되어 있는 무언가가 있어 너와 내가 만나는 순간 문제는 너와 나의 것이 된다.

보통 우리는 사람들의 고민을 상담해줄 때 마음속에서 그것은 '네 잘못', '네 문제'라는 전제를 깔고 있다. 그것은 '너의 문제'이고 나는 문제를 상담해줄 뿐이라고 생각한다. 그러나 사실은 너의 문제이기도 한 동시에 '나의 문제'이기도 한 것이다. 내 안에 어떤 문제가 없다면 그 사람이 그 문제를 나에게 가져오지 않았을 것이다. 나에게 가져옴과 동시에 그것은 함께 풀어가야 할 공동의 과제가 된 것이다. 왜 그럴까? 세상은 서로 연결되어 있기 때문이다. 많은 사람들 가운데 왜 하필이면 나에게 상담을 하러 왔겠는가? 나와의 공유된 업과 인연이 있기 때문이다. 참된 상담가는 상대방의 고민을 풀어주며 사실은 내 안의 업을 닦고 있는 것이다. 상대방의 문제를 치유해준다는 것은 곧 내 안의 문제를 치유한다는 뜻이기도 하다.

그래서 수행자는 상담을 하면서도 상대방을 바라보는 것이 아니라 오히려 자신의 내면을 바라본다. 내 안에 어떤 업장과 문제가 고민을 가진 상대방을 내 앞에 오게 했는가? 물론 완전한 답을 찾을 수는 없다. 왜냐하면 원인이 되는 이유는 한두 가지가 아니며, 한두 생이 아니라 몇 생에 걸친 수많은 업들이 복잡다단하게 얽혀 있기 때문이다. 조금 더 나아가면 우주 전체와 연결되어 있다.

그 수많은 인과의 연결 고리를 어떻게 우리 눈으로 다 볼 수 있겠는가? 지금 이 순간 일어나고 있는 1,500만 비트의 정보 중에서도 고작 15비트만을 인식하는 우리가, 수억만 종류 이상의 업과 인과의 소식을 어떻게 다 헤아려 알 수 있겠는가? 그것은 신과 부처님만이 알 뿐이다.

그러나 중요한 사실은 그것이 무엇인지 중요한 것이 아니라 모든 원

받아들임

인이 내 안에도 있다는 사실이다. 그렇기에 내 안에 있는 원인을 닦고 비움으로써 상대방과 연결되어 있는 공업(共業)이 함께 닦여지면서 상대방의 문제가 풀리기 시작한다.

이것이 바로 불교 의식이나 법회에서 행하는 축원(祝願)의 비밀이다. 스님이 축원을 해준다고 내 문제가 해결될 수 있을까? 물론 가장 직접적이고 빠른 방법은 자기 자신이 직접 닦는 것이다. 그렇지만 나와 인연 지은 스님이 마음을 비우고, 온전히 깨어 있는 정신으로 나의 이름을 불러주고 축원해준다면 그 힘이 법계를 울리고 나와 연결된 내 안의 업도 함께 변화를 맞을 수 있는 것이다.

물론 이것은 수행자만이 아니라 모든 사람에게 가능하며 실제로 수도 없이 일어나고 있는 기적들이 바로 발원과 기원의 힘에 의한 것이다.

이러한 이치는 결과적으로 내가 만나는 모든 사건과 난관들이 사실은 온전히 내 문제이며 책임이라는 것을 의미한다. 그러므로 상대를 탓할 일은 하나도 없다. 상대를 바꾸려고 애쓰지 말라. 문제와 잘못을 상대방의 것으로 돌리면서 상대방이 바뀌기를 바라는 한 본질은 흐려지고 만다.

내면이 투영된 '나의 문제'요, '나의 책임'이라고 자각하면서 자신으로 돌아올 때 문제는 이제 본격적으로 열쇠를 찾기 시작한다. 그러면서 자신을 바라보고 내면을 닦아갈 때 나와 연결되어 있는 상대방의 문제이자 내 밖의 경계들이 정화되기 시작하는 것이다.

받아들임

문제를 바깥으로 돌리지 말라. 내가 문제를 인식했다는 사실만으로도 충분히 그것은 내 문제요, 내 숙제다. 내 안에서 그 문제를 풀라. 내 안에서 세상의 모든 문제를 풀 수 있다. 정치, 경제, 사회, 환경, 가정 문제들은 사실 내 안에서 벌어지는 '내 문제'다. 내 문제가 풀리고 나면 내가 사는 세상이 청정해진다. 마음이 청정하면 국토가 청정해진다는 경전의 말씀은 이것을 두고 하는 말이다. 근본불교에서도 나를 내입처(內入處), 내 밖의 세상을 외입처(外入處)라고 부르는데 그 두 가지는 모두 결국 마음 안에서 일어난 허망한 착각일 뿐 실체가 아니라고 말한다. 그렇기에 우리 마음의 허망한 착각만 없애면 나와 세상이 텅 비게 되고 세상은 본래의 완전성으로 돌아간다고 한다. 나와 세상이 둘이 아니기에 세상의 문제를 풀기 위해 내면을 변혁하라는 가르침이다.

때로 사회변혁을 꿈꾸는 사회운동가들이 자신의 변혁은 등한시한 채 부정부패로 얼룩지고 탐욕으로 점철된 시대와 나라를 개혁하고자 한다. 하지만 변하지 않는 현실에 부딪혀 오히려 몸은 병들고, 마음은 미움과 증오로 얼룩지곤 한다. 사회와 제도를 변화시키는 것도 중요하지만 그보다 먼저 선결되어야 하는 것이 바로 자신의 마음을 다스리는 것이다.

내가 변하면 내가 몸담고 있는 세상도 변한다. 세상은 이미 깨달아 있기 때문이다. 세상은 법계로 언제나 청정하다. 다만 내 마음이 오염되어 있기 때문에 마음이라는 필터로 걸러서 본 나의 세상도 오염되어

날마다 해피엔딩

있을 뿐이다.

깨닫고 보니 이 세상은 본래부터 깨달아 있었다는 말이 있다. 부처의 눈으로 세상을 보면 특별히 구제해야 할 중생은 없다는 말도 있다. 내가 깨달음을 얻는 순간 우주도 동시에 깨어난다. 내 업장을 닦고 소멸시키는 순간 우주도 함께 어둠을 몰아내는 것이다.

모든 문제를 내 문제로 삼아 나 자신을 닦는 것을 게을리하지 말라.

과장된
미래는 없다

우리의 생각과 사고는 언제나 '과거'에 묶여 있으며 관심의 초점은 언제나 '미래'에 있다. 생각은 늘 과거의 연장이며 우리의 기대는 늘 장밋빛 미래를 꿈꾼다. 아름답고도 찬란한, 지금과는 전혀 다른 미래가 언젠가 내 앞에 화려한 모습을 드러내리라 굳게 믿고 있다. 그것이 성공이나 부, 명성, 지위일 수도 있고 혹은 사랑이나 안정감일 수도 있다. 또 더 멀리 본다면 안정적이고 부유한 노후를 꿈꾸고 있을 수도 있다. 내일 있을 소풍이나 여행을 기다리며 부풀어 있을 수도 있고, 주말에 있을 미팅이나 데이트를 꿈꿀 수도 있으며, 이번 휴가에 갈 해외여행을 부푼 마음으로 기다릴 수도 있다.

또 아주 가깝게는 2~3분 뒤에 도착할 버스나 5분 뒤에 있을 쉬는 시간을 기다릴 수도 있으며, 10분 뒤에 있을 점심시간이나 30분쯤 뒤에 있을 퇴근 시간을 기다릴 수도 있다. 심지어 그렇게 기다리던 주말 단풍놀이를 가서 아름답게 물든 오색 단풍을 즐기다 말고 빨리 집에 돌아가 편히 쉬며 좋아하는 TV 프로그램을 보고 싶다는 생각도 한다. 또 그렇게 기다리던 주말 산행을 가서도 오를 때는 빨리 정상에 도착하기를 기대하고, 정상에 도착해서는 빨리 내려가 집에 도착하기를 바란다.

이쯤 되면 우리의 미래에 대한 기다림은 병적이고 자동적, 습관적으로 일어나는 것이 아닐까. 정말 진정으로 미래를 기다리는 것이 아니라 그저 '지금 이 순간'이라는 현재에 존재하지 못하는 마음 때문에 막연히 미래에 대해 과장된 희망을 품고 기다리는 것인지도 모른다.

어쨌든 그것이 무엇이 되었든 우리는 언제나 바로 다음 순간, 혹은 미래의 어느 순간을 꿈꾼다. 미래를 부푼 마음으로, 설레는 그리움으로 아련하게 기다린다. 미래는 분명 지금과는 전혀 다른 행복을 가져다줄 것으로 굳게 믿고 있다.

그런데 가만히 살펴보면 미래에 대한 우리의 기대는 너무 부풀려져 있고 과장되어 있다. 심지어 환상적이고 매혹적인 것으로 확장되어 있다. 미래를 꿈꿀 때 그것은 언제나 우리의 가슴을 뛰게 한다. 미래의 즐거운 일을 상상할 때, 기대나 꿈이 이루어지는 순간을 상상할 때 우리 마음은 설렘을 넘어 흥분 상태에까지 이르곤 한다.

그러나 내가 그토록 꿈꾸던 미래가 막상 현실이 되었을 때는 어떤가? 과연 내 상상 속의 미래가 현실에서도 여전히 환상적으로 펼쳐지는가? 대개는 그렇지 못하다. 현실은 우리에게 별다른 매력을 주지 못한다.

받아들임

날마다 해피엔딩

왜 그런가? 우리는 미래 그 자체를 진정으로 기다린 것이 아니라 현재라는 '지금 이 순간'을 누리고 즐기고 만끽하는 데 익숙하지 못하며, '지금 여기'에 존재하는 데에 서툰 것이다. 그렇게 부풀려지고 과장되어 있던 미래의 기대가 현실로 바뀌는 순간 너무나도 소박하고 평범한 것으로 전락하고 만다. 심지어 대단한 성취나 너무도 간절했던 바람이 이루어지는 엄청난 순간에조차 잠깐 기쁘고 즐거울 뿐 시간이 흐르고 나면 또다시 별반 다를 것 없는 현실이 이어질 뿐이다. 그리고는 또다시 새로운 미래를 계획하고 꿈꾼다.

군 생활 2년 내내 전역만을 바라고 있던 이들에게 전역하는 날 소감을 물어보면 모두가 '의외로 담담하다'고 말한다. 사랑하던 이와 결국 결혼하게 되더라도 그 기쁨과 설렘은 그리 오래가지 않는다. 대학 생활을 마감하고 원하던 취업을 해도 설렘과 흥분의 순간은 어느새 생생한 현실 그 자체로 바뀌고 만다.

기다리던 미래가 현실이 되면 생각했던 것만큼 그리 매혹적이지 않다는 것이 속속 증명된다. 그러면서 우리는 또 다른 설레는 미래를 찾는다. 현실의 실망감을 대신해줄 또 다른 미래를 계획하고 꿈꾸며 기다린다. 그 기다림은 부풀어 오르고 설렘을 가져다준다. 그리고 미래가 현실이 되었을 때 여전히 그저 그럴 뿐이다.

미래는 언제나 부풀려져 있다. 미래에 대해 생각하고 상상할 때 그것은 현실이 아닌 단지 사고일 뿐이기 때문이다. 사고와 생각은 현실을

받아들임

왜곡하고 과장한다. 물론 평범한 현재 속에 깊은 비범함이 숨겨져 있지만, 우리는 그 뒤에 감춰진 심연의 아름다움은 보지 못한 채 겉에 드러난 평범함에 실망하고 만다.

옛 선사들은 "평범함이야말로 가장 큰 도"라고 했고, "지금 여기의 현재야말로 깨달음에 이를 수 있는 유일한 순간"이라고 했다. 미래에 속으면서도 우리의 생각은 언제나 또 다른 환상적인 미래를 꿈꾸고 기대하는 것을 반복한다. 평생 동안 매번 속으면서도 늘 그것을 잊고 또다시 새로운 미래를 꿈꾸기만 할 뿐 죽기 직전까지도 '지금 여기'의 현재에 머물러 깨어 있는 현존을 누려보지 못한다. 매 순간 늘 미래를 꿈꾸고 있다 보니 생생한 지금 여기의 현재가 찬밥 신세를 면치 못하는 것이다.

현재는 우리의 기대를 완전히 충족시켜주지 못하는 듯 보인다. 그러나 사실은 이렇다. 현재가 평범하고 미래가 장밋빛으로 빛나는 것이 아니라 우리가 현재를 무시하고 늘 상상으로 마음을 보내 과거와 미래를 초대하기 때문에 현재가 그렇게 초라하게 바뀐 것일 뿐이다. 현재 그 자체가 초라한 것이 아니라 우리가 현재를 무시함으로써 현재가 그 빛을 잃는 것이다. 그렇게 꿈꾸고 기다리던 미래가 현재가 되는 순간 그것은 빛을 잃고 마는 것이다. 우리의 삶은 언제나 현재뿐이고 반복되면서 평범해질 수밖에 없다.

사실 과거와 미래라는 것은 없다. 우리의 생각이 만들어낸 환상일 뿐

날마다 해피엔딩

이다. 진실은 과거와 미래의 전체 시간이 '지금 여기'라는 현재 속에 다 존재한다는 것이다. 양자물리학자들이나 아인슈타인은 과거와 미래는 사실 현재 속에 담겨 있다고 말한다. 우리가 과거를 떠올리고 추억할 때 나 미래를 계획하고 꿈꾸며 기대할 때 사실은 가장 중요한 현재를 살지 못하고 있는 것이다. 실상 '지금 이 순간'뿐이지만 우리는 진실을 외면한 채 끊임없이 과거와 미래를 살아가고 있다.

매 순간 '지금 이 자리'로 돌아오라. 지금 여기의 삶을 다만 지켜보라. 그래야만 본래적인 삶의 신비와 접촉하게 된다. 삶이 얼마나 성스럽고 경이로운지 생생히 느끼게 된다. 과장되고 부풀려진 미래 대신 그 자리에 차분하고도 평온하며, 평범하지만 비범한 삶이라는 신비가 들어차게 된다. 언젠가가 아니라 지금 행복하라. 미래의 어느 때가 아니라 지금 당장 평화로우라.

받아들임

차별 없이
받아들이는 공부

우리의 뇌는 초당 4천억 비트의 정보를 처리하는데 그중에 단지 2천 비트만 인식한다고 한다. 습관적으로 내 안에서 좋고 나쁜 것을 나누어 놓고 그중에서 좋다고 판단한 것만을 분별해 받아들이고 나머지는 무시해버리는 것이다. 그럼으로써 매번 똑같은 2천여 가지의 가능성만이 현실에서 지루하게 반복될 뿐 나머지 399,999,998,000비트의 무한한 가능성은 습관적으로 사라지고 있는 것이다. 마음을 활짝 열고 과거에 만들어 놓은 습관적인 분별과 차별심만 내려놓으면 무한한 삶의 가능성이 우리 앞에 눈부시게 연주될 수 있는데도 말이다.

카메라는 분별없이 눈앞에 있는 모든 것을 받아들여 담아낸다. 그래서 눈에 보이는 모든 것을 고스란히 담을 수 있다. 그러나 우리의 눈은 자동적으로 좋고 나쁜 것을 분별하여 그 가운데 관심 가는 좋은 부분만을 선택적으로 받아들이기에 같은 것을 보더라도 사람에 따라 보는 것이 달라질 수밖에 없다. 내 욕망과 선호가 개입된 몇 가지만이 도드라지게 보이고 나머지 관심 밖의 대상들은 아웃포커싱 되듯 삶의 뒤편으로 날아가버리는 것이다.

양자물리학에서는 이 세계를 무한한 가능성의 장으로 본다. 객관적인 물질세계가 실체적으로 존재하는 것이 아닌 가능성의 파동으로만 존재한다는 것이다. 그러나 가능성의 파동은 곧장 경험의 입자가 되어 삶을 창조해낸다. 양자 중첩이란 입자가 동시에 두 개 이상의 상태로 둘 이상의 위치에 존재한다는 것으로서 모든 위치에 존재하다가 관찰하는 순간 어느 한 위치로 고정되어 '입자'가 된다는 것을 뜻한다. 가능성의 상태로 있다가 우리가 의식하고 볼 때 '그런 현실로 창조(입자)'되는 것이다. 이처럼 외부의 세계는 사실 '물질'이 아니라 '의식의 투영'일 뿐이다. 우리가 견고한 외부의 사물이라고 생각한 것들은 사실 고정된 사물이 아니라 단지 가능성일 뿐이다.

이처럼 물질세계는 언제나 가능성으로 존재하다가 우리의 의식이 비출 때 현실로 창조된다. 그런데 우리는 언제나 똑같은 것들만을 분별하고 차별하여 받아들이기 때문에 언제나 똑같은 삶이 반복될 뿐 무언가 새로운 변화의 가능성, 인생 변혁의 기회는 좀처럼 생겨나지 않는 것이다. 습관적인 분별과 차별로써 언제나 2천 비트의 정보만을 축소하여 받아들일 것이 아니라 양자가 중첩되어 있는 무한한 가능성의 장인 399,999,998,000비트의 정보에 눈을 돌리고 그 가능성을 향해

받아들임

마음을 여는 순간 전혀 다른 새로운 현실이 창조되는 것이다. 이것이 바로 늘 가난하던 사람이 의식의 변혁과 동시에 부자가 되거나 늘 실패만 하던 사람이 어느 순간 성공을 하고, 깨닫지 못하던 사람이 어느 날 깨달음을 얻게 되는 이치이기도 하다.

자기 좋은 것만 보려고 하는 것이 아상(我相)이다. 좋아하는 것만 받아들이려는 것이 아상이다. 아상은 언제나 자기 기준을 정해놓고 좋아하는 것은 삼키고, 싫어하는 것은 뱉어버릴 뿐이다. 우리는 언제나 이런 아상에게 놀아난다. 백전백패, 아상과의 싸움에서 패배하고 만다. 아상은 언제나 나를 위하는 척, 돕는 척하면서 나타나 나를 집어삼키는 뛰어난 재주꾼이다.

이런 사실에도 불구하고 우리는 아상에 얽매여 습관적으로 좋아하는 것만을 선택함으로써 무한 가능성을 펼쳐보지도 못한 채 습관적 패턴에 갇혀 사는 것이다. 그렇기에 우주 법계에서 보내주는 무한한 깨달음과 업장소멸의 가능성, 영적 진보와 성숙의 가능성을 차단하고 있다.

그러면 어떻게 해야 할까? 언제나 그렇듯 아상이 세상을 창조하도록 내버려 두지 말고 내면의 근원이 그 선택을 대신하도록 내맡길 수 있어야 한다. 우주 법계가 보내주는 무한한 가능성이 고스란히 내 삶에서 거침없이 춤출 수 있도록 문을 열고 허용할 수 있어야 한다. 그러려면 나를 비워야 한다. 아상이 아닌 '공'으로 돌아가야 한다. 아상에 갇힌

받아들임

분별로써 세상을 판단하는 것이 아니라 아상이 타파된 무분별로써 돌아가야 한다. 좋고 나쁜 것, 옳고 그른 것, 원하고 원치 않는 것, 보고 싶고 보기 싫은 것을 나누어 놓고 습관적으로 좋은 것, 옳은 것, 원하는 것, 보고 싶은 것만을 보던 습관을 내려놓을 수 있어야 한다. 좋고 나쁜 것을 나누지 말고 다 받아들여야 하는 것이다.

좋고 나쁜 것을 다 받아들이는 것은 아상이 아니다. 그것은 참된 근원의 작용이다. 바로 이 지점이 삶의 근원적인 전환과 변혁, 각성이 일어나는 분기점이다. 이 단순한 차이는 사실 진리의 전부다. 이 단순한 섭수(攝受), 수용, 받아들임, 무분별, 무간택, 무차별을 실천하겠다고 용기를 내어 두 눈 똑바로 뜬 채 양변의 경계를 분별없이 받아들일 때 무량수, 무량광의 상상할 수 없는 우주적인 힘과 지혜, 자비가 깨어난다. 본래 주어져 있었으나 잠시 잊고 있던 힘의 근원이 비로소 깨어난다. 완벽한 삶의 반전이 시작되는 것이다.

업장소멸이란 바로 이 순간에 찾아온다. 이 순간의 업장소멸은 그야말로 수미산이 무너지듯 한꺼번에 큰 규모로 일어난다. 매번 좋아하고, 원하고, 바라는 것들만 선택적으로 받아들이다 보니 역경, 불행, 좌절 등 싫어하는 것들을 통해 얻고 배울 수 있는 엄청난 공부와 업장소멸의 가능성을 완전히 닫아버리기만 했던 것이다.

분명히 기억해야 할 것은, 우주 법계는 당신의 성숙과 자각을 위해 신비롭고도 완벽한 삶을 준비하고 있다는 사실이다. 우주는 언제나 그 상태였지만 내가 협조받기를 꺼려왔던 것뿐이다.

우주 법계에는 시간이라는 개념이 없다. 때문에 한순간 분별하고 차별하던 마음을 돌이켜 무분별로써 완전히 받아들이게 될 때 시간의 벽은 무너지고, 억겁에 걸쳐 일어나야 할 업장소멸의 지난한 여정을 단한순간 만에 끝낼 수도 있다. 이것은 아상 본위의 삶에서 우주 법계 진리 본위의 삶으로 전환하는 것이다. 내가 잘났다고 생각하고 살아왔던 아상과 에고의 삶에서 우주 법계가 준비한 우주적인 삶의 계획에 온전히 나를 내던지는 것이다.

'나' 위주의 삶을, '진리'에 내맡기는 삶으로 완전히 뒤바꾸라. 아상의 계획에 동조하는 대신 우주 법계의 근원적인 계획에 순응하라. 생각이라는 아상이 끊임없이 올라와 당신을 아상 아래 무릎 꿇도록 지속적으로 방해하겠지만 그 방해 작전에 속지 않을 수 있다. 단순하게 분별없이 삶을 통째로 받아들이는 것으로.

진리를 어렵게 생각지 말라. 수행을 어렵게 생각지 말라. 《신심명》에서는 이것을 '지도무난(至道無難) 유혐간택(唯嫌揀擇)'이라고 했다. 도는 어렵지 않으니 간택(분별)하지만 않으면 된다고 했다. 이것이 바로 진리의 시작이자 끝이다. 수행은 어렵지 않다. 다만 분별하지 말고 완전히 받아들이면 된다.

이제부터 삶을 잘 지켜보라. 경계가 올 때는 '경계구나' 하고 지켜본 뒤 이 경계를 생각으로 분별하지 말고 고스란히 받아들이라. 경계란 눈,

받아들임

귀, 코, 혀, 몸, 뜻에 들어오는 빛과 소리, 냄새, 맛, 감촉, 생각의 대상 전부를 말한다. 그야말로 모든 외부적인 것 전부다. 어떤 일이 일어나든, 심지어 마음속에서 생각 하나가 일어나든, 어떤 사람이 말을 걸어오든, 음식을 먹을 때든 좋은 것은 쫓고 싫은 것에서는 도망치고자 하는 아상의 속임수가 시작될 것이라는 것을 분명히 이해하고 대비하라.

차별 없이 받아들이는 공부를 하루에도 수십 번, 수백 번 반복해보라. 깨어 있는 정신으로 매 순간 들어오는 모든 경계를 받아들이라. 하루, 3일, 일주일, 21일만이라도 기도하는 마음으로 놓치면 놓치는 대로 다시 시작하면서 꾸준히 마음을 관찰하고 받아들이는 연습을 시작해보라.

삶 자체가 생명력을 가지고 깨어나기 시작할 것이다. '앗, 이것 봐라' 하고 스스로도 깜짝 놀랄 만한 힘의 움직임을 감지하게 될 것이다. 미세한 마음의 좋거나 나쁜 생각을 발견하고 그 분별을 넘어서 고스란히 수용하고 받아들이는 공부. 이것이 당신이 해야 할 공부의 전부임을 잊지 말라. 이것 말고 더할 것이 남았나? 없다. 여기에 팔만 사천의 법문이 모두 담겨 있으니.

마음을 닫지 말고
활짝 열라

우리는 쉽게 오픈마인드라는 말을 한다. 마음을 닫지 말고 활짝 열라고 한다. 그러나 마음을 활짝 열라는 말이 때로는 구체적이지 않고 막연하게 다가오곤 한다. 과연 마음을 닫지 말고 활짝 열라는 것은 무슨 의미일까? 마음을 여는 것이 마음공부와 삶에 어떤 작용을 하는지 살펴보자.

문을 닫으면 어떤 일이 일어날까? 아무것도 문 안으로 들어올 수가 없다. 다만 문 안의 주인이 선택적으로 받아들이고 싶은 것들만 문을 열고 받아들이는 것이다. 그러나 문을 활짝 열어두고 있으면 내가 선택적으로 받아들이고 거부하는 것이 아니라 바깥의, 우주의 모든 것들이 자유로이 내 존재의 집 안으로 들어오고 나가게 된다. 그 모든 무한한 지혜와 사랑, 힘이 자유로이 오갈 수 있는 것이다.

마음을 닫고 있다는 것은 아무것도 받아들이지 않는다는 말이 아니라 내가 좋아하는 것, 내게 이득되는 것만 분별하고 판단하여 선택적으로 받아들인다는 것을 의미한다. 반면에 마음을 활짝 연다는 것은 어떤 분별도 일으키지 않고 좋아하는 것을 애착하거나 싫어하는 것을 거부하지도 않고 다만 있는 그대로 모든 것을 받아들이고 수용한다는 것을 의미한다.

문을 닫고 있을 때는 '나'라는 아상과 에고가 중심이 되어 문을 열 것인지 닫을 것인지를 결정한다. 나에게 도움이 되면 열고 도움이 되지 않으면 닫는다. 내 입맛에 맞는 것과 내 견해와 일치하는 것은 열고 내 입맛에 안 맞거나 내 생각과 다른 것은 닫는 것이다. 문을 닫고 있을 때는 아상에 갇히지만 문을 열고 있을 때 아상은 타파되고 내가 아닌 우주 법계의 질서와 차원이 나를 이끌게 된다. 즉, 문을 닫는 것은 아상이 나를 이끌게 하는 것이고 문을 열 때 비로소 온전한 '내맡김'이 이루어지는 것이다.

문을 열고 이 우주 법계의 진실에 삶을 내맡길 때 나는 전혀 힘들이지 않고 자연스러운 무위로써 살게 된다. 그때 모든 지혜와 힘이 무한한 자비로써 나를 돕기 시작한다. 우주 법계의 도움을 받는다는 것은 엄청난 속도로 깨어나게 됨을 의미한다. 완전히 열었을 때 비로소 그 자리가 바로 삶의 완전성, 즉 원만구족과 온전함이 깃드는 때다.

존재는 본래 완전하고 모든 것이 구족되어 있고 깨달아 있는데 '나'라는 아상과 이기가 문을 닫고 막아섬으로써 깨달음과 자비가 들어오지 못하고 있었던 것이다.

그렇게 존재 근원의 질서에 내맡기지도, 마음을 열지도 못하고 평생을 살아오다 문을 활짝 열게 되면 우주적 깨달음과 삶의 온전함이 비로소 깃든다.

마음의 문을 닫으면 깨어남도 더뎌진다. 지혜도 자비도 내게 들어오지 못한다. 오직 있는 건, 아상뿐! 아상이 나를 집어삼키고, 아상과 에고가 시키는 대로의 삶을 반복적으로 살게 되는 것이다.

그런 삶은 전혀 새롭지 않다. 언제나 비슷한 패턴이 반복된다. 아상은 변화와 혁신을 싫어하고 과거에 안주하며 안정만을 좇는다. 아상의 기준에서 문을 선택적으로 분별하여 열고 닫기 때문에 언제나 비슷한 것만을 받아들이는 것이다.

사람들 앞에 나서기 싫어하는 사람은 대중 앞에 나서는 일은 죽어도 못 한다. 병이 나서 죽을 지경이 될지라도 병원과 현대의학만을 신봉하는 사람은 대체의학이나 명상, 기도를 통한 치유는 다분히 기복적이고 비과학적인 것이라 매도하며 전혀 마음을 열지 않는다.

특정한 종교만을 절대적으로 옳다고 믿거나 하나의 집단, 사상, 이념, 가치만이 옳다고 믿는 이는 마음을 활짝 열고 자신과 다른 사상, 종교, 이념, 가치를 받아들이지 못한다.

그렇기 때문에 마음을 닫은 이에게는 똑같이 진부한 일상만이 반복될 뿐이다. 무언가 새로운 변화를 원하면서도 마음을 열지 못한다. 당장 마

날마다 해피엔딩

음만 열면 내가 원하는 모든 것이 언제든 들어올 준비를 하고 문밖에서 기다리고 있음을 알지 못한다.

마음을 열고자 한다면, 먼저 내 마음속에서 반복되는 좋고 싫음, 옳고 그름, 맞고 틀림이라는 분별과 차별심을 잘 관찰하고 내려놓을 수 있어야 한다.

그런 두 가지 극단적인 분별이 있으면 좋고, 옳고, 맞는 것만을 선택적으로 받아들이고 싫고, 틀리고, 그른 것은 받아들이지 못하는 것이다.

삶에서는 좋은 것도, 싫은 것도 유효하다. 옳고 그름이란 내 생각의 틀일 뿐 실체가 아니다. 역경 속에서도 배울 수 있고 순경 속에서도 깨달을 수 있는 것이다. 따라서 역경과 순경, 행복과 불행, 맞고 틀리는 모든 것을 향해 완전히 문을 열고 받아들일 수 있어야 한다.

이 말은 우유부단하게 아무런 선택도 하지 않고 모두 맞다고 여기면서 바보가 되라는 말은 아니다. 분별하지 않고 받아들이라는 것은 좋고 나쁨의 선호조차 버리라는 것이 아니다. 좋아할 수도 싫어할 수도 있지만 좋아해도 너무 집착하지 않고 싫어해도 너무 증오하지 않으면서 두 가지 모두를 마음을 열고 받아들이라는 것이다.

두 가지의 경계를 모두 받아들여 양변을 통해 깨달아 갈 수 있는 가능성을 닫지 말라는 것이다. 순경계에서만 깨달음을 얻을 수 있는 것이 아니라 역경을 통해 부처에 이를 수 있는 것이다. 삶은 순역의 좋고 나쁜 모든 경계가 균형 있게 조화를 이룸으로써 양쪽에서 영적인 진보와 깨달음을 맞이할 수 있어야 한다.

마음을 활짝 열고 우주 법계가 나를 위해 준비해둔 찬란하고도 눈부신 삶이라는 축제를 온전히 즐기라. 우주 법계는 언제나 완벽하고도 충만한 지혜와 자비로써 당신의 삶의 균형을 잡아줄 것이다.

마음의 문을 닫고 선택적으로 좋은 것들만 받아들임으로써 우주 법계가 내게 무한히 공급해주고 있는 진리의 법비를 뿌리치지 말라. 법신 부처님과 신은 우리를 위해 언제나 무한한 지혜와 자비로써 완벽한 인생의 시나리오와 교과과정을 준비해두고 있다.

그것도 모든 사람들에게 저마다 맞춤식으로 정확히 필요한 일들을 균형 있게 내보내줌으로써 자신의 삶에서 배우고 깨달아야 할 것을 깨닫게 해주고 있다. 그래서 사람들의 삶이 모두 다르고 같은 사람이라 할지라도 인생이 잘 풀려서 행복해하다가 때론 안 풀려서 괴로워지기도 하는 것이다.

균형 있는 삶과 인생의 교육과정을 통해 우리는 곧 깨달음의 바다로 나아가고 있는 것이다. 귀의(歸依)라는 구도의 과정을 걷고 있는 것이다. 본래 부처였고, 본래 진리였으며, 본래 청정한 수행자인 바로 그 본향인 자성의 귀의처로 향하고 있는 것이다. 귀의하는 것, 깨달음으로 나아가는 것이야말로 우리 모두가 지향하는 삶의 방향이요, 인생의 목적인 것이다.

그리고 귀의의 숭고한 여정은 언제나 부처님의 가피, 신의 가호, 우주 법계의 자비롭고도 완벽한 도움이 매 순간 함께하고 있는 것이다. 바로 그 온전한 도움이 바로 인생이라는 수업이다. 이 세상에 오직 하나밖에 없는 나 자신만을 위한 맞춤식 수업이 바로 나의 인생인 것이다.

따라서 온전히 받아들임으로써 인생의 수업을 온전히 이수해야 한다. 내가 원하고 좋아하는 수업만 선별해서 들음으로써 조화로운 영적 진보와 성스러운 구도의 길을 찾아 헤맬 필요는 없다.

완전히 열고 받아들이면 수업의 진도는 급격히 빨라지고 깨달음에 이르는 길은 멀지 않지만 마음을 닫고 선택적으로 받아들이면 그만큼 인생의 속도가 느려지게 된다. 그 수업을 완전히 이수해야만 다음 단계로 넘어갈 수 있기 때문이다.

그래서 삶을 수용했을 때 괴로움도, 병도, 아픔도, 스트레스도, 역경도 빨리 소멸된다고 하는 것이다. 두려워하며 받아들이지 않으려고 발버둥치면 칠수록 그 상태는 지속된다.

거부하면 결국 포기하고 받아들이게 될 때까지 그 상태가 계속된다. 마음을 활짝 열어 나에게 주어진 인생을 놀이하듯 즐기며 살아가라.

설사 인생의 길에 굴곡진 역경이 놓일지라도 '괴로운 삶'으로 해석하고 판단하거나 거부함으로써 인생의 수업을 이수하지 못한 채 다음 생에서 나머지 공부를 할 필요는 없지 않은가.

자살하는 사람이 바로 나머지 공부의 대표적 사례다. 주어진 역경을 못 견디고 거부하고 저항한 나머지 자살을 선택하게 된다면 그는 곧장 그 수업을 끝마치기 위해 역경을 다시 선택해서 삶을 부여받는 것이다. 이 생에 거부하고 저항하던 에너지를 듬뿍 양분으로 받아 다음 생에서는 지금보다 더 힘겨운 수업을 이수해야 하는 것이다.

마음을 활짝 열고 주어진 삶을 받아들임으로써 완벽하고도 아름다운 삶을 마음껏 누리라.

날마다 해피엔딩

지금 여기에서
행복하라

어느 날 남부러울 것 없는 좋은 직장에 다니는 한 중역 간부가 찾아와 말했다. 더 높은 자리에 오르기 위해 부처님 가르침에 따르자니 진급을 못 할 것 같고 진급을 하자니 스스로에게 당당하지 못한 일을 해야 하는데 어쩌면 좋겠냐는 것이다.

그래서 조금 다른 질문을 드렸다. 지금 이 순간 행복하시냐고. 지금 자신의 삶이 대체적으로 행복한지, 과거에 생각했던 꿈을 지금 이루었는지 등을 여쭈었다. 가만히 생각하던 그는 자신이 원하는 것을 모두 이루었다고 답했다. 그는 처음에 오르고자 했던 위치에 이미 와 있고 벌고자 했던 정도의 경제력도 지금 누리고 있단다. 아내도 하고 싶은 일을 하며 행복해하고 자식들도 별 탈 없이 건강하게 잘 자라고 있다고 덧붙였다. 가만히 생각해보니 어렸을 때 자신이 생각했던 바로 그 행복한 삶이 벌써 실현되어 있었다.

받아들임

그런데 중요한 것은, 지금의 삶이 얼마나 행복한지를 몰랐다는 것이다. 왜 몰랐을까? 여전히 돈도 더 벌어야 하고, 진급도 더 해야 하고, 자식들 뒷바라지도 더 잘해야 한다는 생각 때문이다. 항상 부족하고 만족할 수 없었기 때문이다.

이처럼 우리는 꿈이 이루어진 바로 그 순간에조차 더 크고 높은 목적을 향한 욕심과 집착 때문에 이미 찾아온 행복을 스스로 걷어차버리곤 한다.

행복은 누리고 만끽하는 것이지 추구하는 것이 아니다. 행복 추구는 죽을 때까지 끝없이 계속되지만 누리고 만끽하는 것은 언제나 지금 이 자리에서 할 수 있다. 누릴 수 있는 것을 걷어차면서 어떻게 더 많은 것을 누리고자 하는가. 누릴 만큼 누릴 때 세상은 우리에게 보다 더 많은 행복을 준다. 반대로 누리지 못하고 더 많은 것을 바라기만 할 때 세상은 부족과 결핍을 가져다준다.

진실이 이러할진대 어떻게 할 것인가? 누릴 것인가 아니면 추구할 것인가. 삶이란 추구해야 할 무엇이 아니라 누리고 만끽해야 할 무엇이다. 주어진 삶을 누릴 때 비로소 삶의 완전성이 드러난다. 본래부터 완벽했고, 완전했다는 사실이 드러나는 것이다.

그러나 추구하고 욕망할 때 존재 본연의 완전성은 사라지고 결핍과 부족, 실패가 창조되고 만다. 사실은 부족했던 것이 아니라 부족하다고 생각한 것뿐이다. 사실은 무언가가 더 필요한 것이 아니라 더 필요하다

받아들임

고 욕망한 것뿐이다. 사실은 행복하지 않은 것이 아니라 행복하지 않다고 판단한 것뿐이다.

행복은 어떤 완벽한 상황이 갖춰졌을 때 오는 것이 아니라 거꾸로 행복을 누릴 때 바로 그 완벽한 상황이 만들어진다. 행복해지기 위해서는 무언가가 필요하고 어떤 특정한 조건 속에서만 행복할 수 있으리라고 믿어왔던 것은 완전히 환상일 뿐이다. 지금 이대로 행복하라. 행복하기 위해 꼭 무엇이 필요한 것은 아니다. '행복하기 위한 어떤 특정한 조건'이라는 것은 없다. 세계에서 가장 가난한 나라들의 행복지수를 보라.

부처가 되기 위한 어떤 조건도 필요치 않다. 신은 어떤 것도 원하지 않는다. 만약 무언가를 얻어야만 행복할 수 있다면 그것은 불성과 신성, 우주 법계는 물론 우리 자신의 완전성을 짓밟는 것이다.

부처도, 신도, 우주 법계도 언제나 완전하다. 우주 법계의 모든 존재 또한 완전하고 완벽하다. 인간 또한 마찬가지다. 완전하다면 더 많은 것을 가져야 할 이유도 없고 부족한 것도 없다. 실패로 인한 괴로움도, 실패 자체도 없다. 무언가를 필요로 하는 이유는 내가 불완전하기 때문이고, 돈을 더 벌어야 하는 이유는 아직은 충분하지 않기 때문이다. 바로 이러한 생각, 나 자신에 대해서 불완전하고 부족하며 어리석다고 판단하는 바로 그 생각이 모든 문제를 가져온다는 사실을 아는가.

우리에게 있는 모든 문제는 그 자체의 문제가 아니라 내가 스스로 문제를 삼았기 때문에 일어난다. 생각한 대로 현실이 창조된다. 마음은

날마다 해피엔딩

그림을 잘 그리는 능숙한 화가와 같아서 마음먹은 대로 현실이 창조된다는 《화엄경》의 준엄한 가르침이 바로 이것이다. 그림을 잘 그리는 능숙한 화가, 그것이 바로 나다. 내가 바로 부처요, 신이다. 또한 내가 바로 당신이고, 우주이며, 존재 자체이다. 그리면 그린 대로 이루어진다.

그렇다면 무엇을 그릴 것인가? 무엇을 그릴지에 대한 토대를 무엇으로 할 것인가? 그 바탕을 '나는 부족하다', '나는 가난하다', '나는 행복하지 않다', '나는 실패할지도 모른다', '나는 어리석은 중생이다', '나는 근기 낮은 수행자다'라는 데 둘 것인가, 아니면 '나는 완전하다', '나는 풍요롭다', '나는 행복 그 자체다', '내가 바로 부처요, 신이다', '너와 나는 둘이 아니다', '실패라는 것은 없다. 삶은 언제나 성공적이다'라는 데 둘 것인가.

전자의 경우는 언제나 '더 남과 싸워 이겨야 하고, 더 많이 벌어야 하며, 반드시 성공해야 한다'는 현실을 그려내고자 할 것이다. 그러나 그러한 바람은 곧 반대의 결과를 가져온다. 더 필요하다는 생각의 본질에는 아직은 부족하다는 생각이 깔려 있기 때문이고, 성공해야 한다는 생각 이면에는 실패에 대한 두려움이 깔려 있기 때문이다.

두려워하면 오히려 두려워할 대상이 생긴다. 생각이 가난과 불행, 어리석은 세상을 그려내는 것이다.

그러나 후자의 경우는 어떤가? 삶의 모든 순간이 완전하고 풍요로우며 나와 너가 부처요, 신이라면 어떨까? 완전한 존재는 그 어떤 것도 필

받아들임

요로 하지 않는다. 무언가를 더 바랄 것도, 욕망할 것도 없다. 언제나 충만한 행복과 만족, 풍요로움, 평화가 넘쳐흐른다. 넘쳐흐르는 행복을 나누어주는 것, 바로 사랑과 자비를 나누는 것밖에는 할 것이 없다.

실패와 미래에 대한 두려움도 없으며 부처가 되어야겠다는 환상도 없다. 그저 매 순간 완전함을 누릴 뿐이다. 그 토대 위에서는 언제나 완전성이 창조된다. 창조되는 것이 아니라 언제나 완전했으며 완벽했다는 바로 그 사실이 드러나는 것이고, 바로 그 사실을 깨닫게 되는 것이다.

존재 본연의 고향, 완전성으로 되돌아가는 귀의(歸依), 귀향(歸鄉). 이 말은 형이상학적이거나 비현실적이고 이론적이기만 한 말이 아니다. 그것은 지금 여기에서 우리 자신을 완벽하게 변화시키는 것과 직접 연결되어 있다.

나는 언제나 완전하다고 외치라. 지금 이 자리에서 풍요와 행복을 누리라. 완전하고 풍요롭다면 내 돈이 아까워서 상대방을 돕지 못할 이유가 없다. 무한한 풍요로움이란 우주 전체를 먹여 살리고도 남는 것이다. 내가 아까워하고, 부족하다고 생각하면 바로 궁핍과 결핍의 결과가 만들어질 뿐이다. 넉넉하고 풍요롭다는 마음으로 도울 수 있는 모든 이를 두려움 없이 도우라. 그 마음에 우주 근원의 에너지인 풍요와 완전성이 깃들게 될 것이다. 두려움 없이 풍요의 토대 위에서 도우면 도울수록 더 많은 풍요가 당신을 찾아올 것이다.

완전히 행복하다면 무언가를 더 바랄 것이 없지 않은가. 미래에 오게

날마다 해피엔딩

될 행복을 꿈꿀 것도 없다. 지금 이 순간이 완전무결한 행복이라고 외치라. 아무리 작고 사소한 기쁨이라도 그것이 바로 완전한 행복임을 알아차리라. 넘치는 행복 그 자체인 사람은 언제나 세상을 향해 행복을 흩뿌릴 수밖에 없다. 나처럼 타인도 행복해지길 진심으로 원할 것이다. 사람들은 그 행복한 사람과 함께하고 싶어 할 것이다.

내 삶에 실패란 없다. 언제나 삶은 완전하며 성공적이다. 부정적으로 보이는 현실 또한 사실은 성공이고 실패라고 보이는 상황 또한 더 깊은 차원에서 본다면 성공이었음이 드러나게 될 것이다. 실패라는 단어를 내 삶과 결부시키지 말라. 더 깊이 들여다보면 실패가 곧 성공이다. 내 삶은 언제나 성공의 연속이라는 사실을 바로 깨달으라. 현실의 상황에 대해 성공 혹은 실패라고 해석하지 말라. 성공적인 삶을 사는 이는 실패와 미래를 두려워하지 않음으로써 두려운 현실을 만들지 않는다. 언제나 성공만을 일구어낸다.

삶은 언제나 완전하다. 지금 여기에서 행복하라.

내려놓음

放下着

욕망은 어떻게
생기고 소멸되는가

이 세상 모든 것은 인간이 고안해낸 상징에 불과하다. 모든 개념작용들은 환영과도 같은 헛것에 불과하다. 이 세상은 태초에 텅 비어 있었다. 아무것도 없는 꽉 찬 충만함이 여여(如如)하게 있었다.

그곳에는 아무런 시비도, 분별도, 싸움도, 좋고 나쁨도, 행복과 괴로움도, 성공과 실패도 없었다. 나아가 중생과 부처도 없고, 어리석음과 깨달음도 없고, 삶과 죽음도 없고, 인간과 자연의 구분도 없었다. 따라서 중생이 부처가 되기 위한 노력이나 수행도 필요 없고, 어리석은 이가 지혜를 얻기 위한 공부도 필요 없고, 늙고 죽지 않기 위해 어떤 노력도 기울일 필요가 없었다. 성공과 부, 승리, 해탈을 위해 달려갈 필요도 없었다.

모든 것이 완전하고 원만하며 충만했다. 그야말로 모든 것이 부처였고, 신이었으며 그저 그것으로 족했다. 그것은 도저히 말로 표현될 수 없는 그 무엇이었다.

그러나 태초에만 그러했던 것이 아니라 지금 이 순간도 그러하다. 어느 한순간 텅 빈 충만이 깨진 적은 없었다. 그렇다면 도대체 어떻게 된 일인가. 왜 나에게는 충만하고 청정한 진리의 세계가 없는가. 이 세상은 왜 이토록 어둡고 탁하며 어지러운가. 어디서부터 잘못된 것인가.

이제 그 실마리를 찾아 사유의 뜰을 거닐어 보자. 사람들이 좋아하는 습관은 이름 짓기다. 무엇이든 거기에 이름을 짓고, 상을 짓고, 규정짓기를 좋아한다. 이른바 상징을 만들어내는 습성이 있다. 그러다 보니 모든 것에 이름을 붙이기 시작했다.

예를 들어 어떤 감정에는 '사랑', '미움'이라는 상징을, 또 어떤 감정에는 '슬픔', '행복' 등의 상징을 붙여놓았다. 어떤 것에는 '부유함'과 '가난'이라는 이름을, 어떤 상태에는 '성공'과 '실패', 어떤 것에는 '옳음'과 '그름'이라는 이름을 붙이기도 했다. 뿐만 아니라 어떤 존재에 대해서는 '중생'과 '부처'라는 이름을 붙이기도 했다.

사람들에게는 이름을 붙이고 상징화하는 습성이 있다. 그런데 상징화하는 작용, 즉 이름 짓고, 상을 짓는 작용이 모든 문제를 어렵게 만드는 시발점이다. 왜냐하면 사람들은 쉽게 '이러한 상황'에 대해서는 뭉뚱그려 '이런 이름'을 '저러한 상황'에 대해서는 '저런 이름'을 붙이고는 있지만 사실 그 이름과 그 상황이 정확히 일치할 수는 없기 때문이다.

이것을 불교의 십이연기에서는 '명색(名色)'이라고 부른다. 세상의 모

든 것들을 이름과 형태를 지닌 존재로 인식한다는 것으로 십이연기에서
는 늙고 병들고 죽는다는 근원적인 괴로움을 소멸시키려면 명색을 멸해
야 한다고 말하고 있다. 이처럼 이름 짓기는 결국에 괴로움을 불러온다.

상징과 이름을 정하기로 약속한 순간부터 우리의 어떤 경험에 어떤
이름이 붙여져 기억 속에 저장되기 시작한다. 기억 속에 저장되기 위해
서는 이름이 있어야 하기 때문이다. 컴퓨터에 파일을 저장하기 위해서
든 창고에 물건을 저장하기 위해서든 이름표가 있어야 하는 것과 마찬
가지다.

그런데 이것은 엄청난 문제를 초래한다. 이때부터 우리의 인생은 꼬
이고 따분해지기 시작한다. 이름을 붙여놓고 나면 곧 기억 속에 저장되
면서 특히 과거의 기억에 빗대어 좋거나 싫다는 둘 중 하나의 감정이
자동으로 섞인다. 그리고 그 기억은 그것과 비슷한 또 다른 상황을 만
났을 때 자동적으로 튀어나와 새로운 상황을 기억 속에 남겨진 이름으
로 걸러서 판단하고 분별하게 만든다. 전혀 새로운 상황을 예전의 그
상황으로 한정짓고야 마는 것이다.

이처럼 예전의 기억이 좋게 느껴졌다면 그것은 '좋다'는 관념으로 저
장되어졌다가 훗날 비슷한 상황을 맞을 때 똑같이 '좋다'고 해석하게
되고, '나쁘다'는 관념으로 저장되어 있던 상황들은 또 다른 상황을 맞
을 때 '나쁜 상황'으로 해석하게 된다. 이것이야말로 얼마나 큰 실수며
오류인가. 그러나 사람들은 그것이 오류인지를 모른다. 아니 그것이 옳

내려놓음

날마다 해피엔딩

다고 느끼고 정당한 해석으로 여긴다. 그러므로 내 생각과 감정이 옳다고 고집하게 되는 것이다. 이렇게 사람들은 매 순간 새롭고 신선한 경험들을 접할 때마다 과거의 기억과 감정에 얽매여 아집에 사로잡힌 해석을 가하게 된다.

그러면 세상은 새롭지 않은 곳이 된다. 매 순간 과거의 연장이자 속박밖에 되지 않는다. 사람들은 이렇게 기억된 수많은 감정들 가운데 과거의 경험에 빗대어 '좋았던' 감정을 '행복'이라 이름 짓고 계속 행복의 감정을 추구하고 집착하게 된다. 이것이 바로 '욕망'의 생성 과정이며 실체다.

욕망과 집착은 과거의 잔재이며 기억된 감정의 찌꺼기에 불과하다. 과거에 이름 지어놓은 관념이라는 필터로 현실을 걸러내고 거기에 따라 욕망을 추구하고 있는 것이다. 이렇게 우리는 욕망하고, 욕망한 것을 얻어내는 방법으로 행복을 쌓아가고 있다. 그러나 욕망을 채우는 것으로는 결코 욕망을 끝낼 수 없다. 욕망이 생겨나게 된 마음의 작용을 전체적으로 사유하고 깨달아 욕망이라는 것이 허망하게 일어나고 끝날 것이라는 것을 직시할 때만 욕망은 종식될 수 있는 것이다.

그래서 《금강경》에서는 인간이 욕망과 집착을 버리기 위해서는 '아상'과 '아집'을 놓아버려야 한다고 강조하고 있다. 내가 만들어 놓은 '상'과 '상징'에 얽매여 집착하게 되면 도저히 욕망의 문제를 끝낼 수 없다는 것이다. 욕망을 채우겠다거나 없애겠다는 생각 모두 또 다른 욕

내려놓음

망일 뿐이다. 그 두 가지 모두 일어나는 방식은 위에서 설명한 것과 같다. 욕망을 채우겠다는 것이 중생이라는 상징에 얽매여 있는 것이라면, 욕망을 없애고 초월하겠다는 것은 부처라는 상징에 얽매여 있을 뿐이다. 부처라는 상징도, 중생이라는 상징도 모두 하나의 만들어진 상징이요, 이름일 뿐임은 변함없기 때문이다.

그러면 도대체 어떻게 해야 하는가. 욕망과 집착, 아상의 전체적인 이해와 사유를 위해 우리가 할 수 있는 것은 무엇인가. 피나는 수행으로 욕망을 버리려 해도 안 되고 욕망을 채우려 해도 안 된다면 도대체 무엇을 어떻게 하란 말인가. 그것은 욕망을 채우거나 끊어내는 문제로 다가설 것이 아니라 욕망 그 자체의 본성을 이해하는 데 실마리가 있음을 알아야 한다.

욕망이 일어나고 사라지는 전체적인 과정을 있는 그대로 바라보고 관찰하되 옳고 그르다는 판단도 없어야 한다. 위에서 설명했던 욕망이 생겨나는 전 과정을 낱낱이 살핌으로써 그것이 허망한 이름 짓기의 결과임을 깨달을 수 있어야 한다. 다만 매 순간 내 앞에 펼쳐지는 모든 상을 좋거나 싫다는 분별없이 있는 그대로 받아들이고 자각할 때 욕망의 본래 성품을 바로 볼 수 있다.

어떤 상황이 일어난 순간 우리는 과거의 비슷한 상황과 기억을 찾아갈 것이다. 그리고는 번개처럼 과거에 어떻게 이름 지어 놓았는지를 찾아낸 뒤 이 상황이 좋은 상황인지 나쁜 상황인지를 판단할 것이다. 좋은 감정이라고 판단이 되면 그 상황에 집착할 것이고, 나쁜 감정이라고 판단되면 그 상황을 회피하려고 애쓸 것이다. 이 모든 과정은 순식간에 일어나지만 조금만 주의를 기울인다면 모든 과정을 낱낱이 관조해볼 수 있다.

그렇다고 그 과정을 이해하기 위해 머리를 굴리거나 애쓸 필요는 없다. 그저 물끄러미 바라만 보면 된다. 바라보다 보면 좋게 보거나 나쁘게 보는 습관이 나를 지배하게 되는 순간을 맞게 될 것이다. 바로 그 작용을 지켜보면 좋거나 나쁘게 보는 틀이 깨져 나가는 것을 보게 된다.

이처럼 매 순간 과거의 이름표로 거르지 않고 있는 그대로 바라보거나 과거가 아닌 현재로써 바라보게 될 때 우리의 삶은 새롭고 경이로운 현실로 다가오게 될 것이다. 욕망이 일어나는 근원적인 작용을 이해함으로써 욕망이라는 과거의 잔재에 속지 않게 되는 것이다.

온전히 보면 매 순간 새롭고 신선한 삶이 내 앞에 펼쳐진다. 욕망을 없애거나 채우려 하지 않은 채 욕망이라는 이름조차 붙일 곳이 없다는 것을 깨닫게 된다. 그때 내 앞에 펼쳐진 지금 이 순간이 다시금 태초의 텅 빈 고요로 되돌아옴을 느낀다. 본래 아무 일도 없었듯이.

며칠
더 미루라

어렸을 때는 뭔가를 산다는 것이 언제나 설레고 감사하고도 행복한 일이었다. 시장에서 5천 원짜리 운동화 한 켤레를 얻어 신고는 바닥이 다 닳고 엄지발가락 쪽이 툭 터질 때까지 아직은 쓸 만하다면서 버텼다. 그러다 생일이나 졸업식 같은 기념할 만한 날을 기다려 어머니와 함께 시장에 나가면 이 신발 저 신발 고르는 재미가 있었다. 그야말로 고작 5천 원 내외의 신발을 고르면서도 색깔, 디자인, 튼실함, 브랜드까지 살펴가면서 어렵게 새 신발을 사 신고 집으로 돌아올 때는 그야말로 개선장군처럼 어깨에 힘이 들어가고 자랑스러웠다. 신발 하나를 사는 데에도 설렘과 행복이 가득했다. 그러니 다른 모든 것들도 마찬가지 아니었겠나.

그러나 형편이 조금씩 넉넉해지고 나이가 들어가면서 무엇을 산다는 것의 즐거움이 퇴색되어 간다. 너무 쉽게 사고 버리는 것이 아닌가 하는 아쉬움과 돌아봄이 잦아졌다. 꼭 필요한 것을 적게 소유하고 있을 때 소유물들은 우리에게 행복과 감사를 가져다준다. 더불어 부족함과 불편함을 견디는 데서 오는 진하고 찡한 삶의 에너지를 얻게 된다. 많이 소유할수록 마음은 긴장을 잃고 감사와 행복을 잊는다. 소유물들이 우리에게 주는 경외감은 물론 공경과 감사와 같은 덕목마저 잊는다. 그것은 그냥 쌓여 있는 짐일 뿐 더 이상 우리 삶을 풍요롭고 행복하게 해주지 않는다.

어디 그뿐인가. 좋은 것을 많이 살 때는 잠시 기쁜 듯해도 얼마 못 가서 다시금 일상적인 것들이 되어버린다. 우리의 감각이 얼마나 적응을 잘하는지 좋고 화려한 것, 크고 넓은 것을 사더라도 금세 적응하기 때문에 우리의 욕망은 또 다른 것을 찾게 마련이다.

5~6년 전에 전자상가에서 조립 컴퓨터를 구입하여 잘 쓰고 있었다. 100만 원도 안 되게 주고 구입했었는데 그때만 해도 성능이 좋고 최신 사양이었지만 지금은 고장이 나서 벌써 몇 번이나 컴퓨터 전문가에게 수리를 맡겼다. 그동안 자주 멈추고 속도가 느려지더니 얼마 전에는 아예 전원이 들어오지 않았다. 전원 스위치를 아무리 눌러도 기력이 쇠진해졌는지 먹통이었다. 이때부터 내 마음이 요동치기 시작했다. '그래, 그만하면 오래 잘 썼어. 이참에 새로 하나 장만하자', '아니야, 전원만 바꾸어 달고 부품 몇 개만 고치면 몇 년은 더 쓸 수 있는 걸' 하며 말이다. 지난번 어느 신도님 댁에 갔을 때 보았던 큰 LCD 모니터가 달린 최

내려놓음

신 사양의 컴퓨터가 자꾸만 떠올랐다. 시원하고 선명한 모니터를 잠깐 사용한 후 부러움과 동시에 나의 욕망이 꿈틀대기 시작했다. 며칠 동안 각종 인터넷 사이트를 살피면서 좋은 컴퓨터를 찾아 헤맸다. TV에 나오는 홈쇼핑 컴퓨터가 싸다는 얘기를 듣고 며칠 동안 요모조모 따져보기도 했다.

그러다 어제 결론을 보았다. 기존 컴퓨터에 전원 부분과 메모리, 하드만 새로 구입하여 조금 더 사용하자는 쪽으로 결론이 난 것이다. 계산을 해보니 다해야 10만 원도 안 들 것 같았다. 새로 구입했더라면 그 열 배가 넘는 돈을 지불했을 터이니 지금 생각하면 잘했다 싶지만, 그때는 새로 사기 위한 핑계거리가 왜 그리 많던지. 필요하다고 그냥 사버렸다면 아마도 크고 시원한 모니터를 보며 처음 며칠 동안은 행복감을 느꼈을지 모르지만 얼마 안 가 내 눈은 별 감흥 없이 거기에 완벽히 적응했을 것이다.

다른 경우도 마찬가지다. 20평대 아파트에 살다가 30평대 아파트로 이사를 가면 처음엔 시원스레 넓은 집이 행복을 주지만 행복의 유효 기간은 길지 않다. 얼마 안 가 금방 익숙해지는 것이 우리의 얄팍한 마음이다. 40평대 아파트에 사는 친구 집에 구경 갔다가 와서 내 집을 돌아보면 너무 좁아서 숨이 막힐 것처럼 느껴지기 시작한다. 그러면서 온갖 핑계거리가 생겨난다. 아이들도 커가니까 더 큰 평수로 이사를 가야지, 빚을 져서라도 큰 평수의 아파트를 사 놓으면 뒷날 값이 올라갈 것이니

날마다 해피엔딩

내려놓음

득이 아닌가, 남들도 다 그렇게 빚져서 집을 산다더라, 아이들이 친구나 며느릿감이라도 데리고 온다면 그래도 잘사는 모습을 보여줘야 기가 죽지 않을 거 아니냐 등등. 이런저런 핑계거리들이 늘어나다 보면 더 이상 현재의 30평대 아파트는 인간이 살 수 없는 곳처럼 느껴진다. 오로지 40평대 아파트로 이사 가는 일이야말로 지금 내가 할 수 있는 최고의 선택이 되고, 어지간한 단점이나 부작용 등은 쉽게 기억에서 지워지게 된다. 설사 작은 단점들이 있더라도 장점에 비한다면 그냥 눈감아 줄 정도로 비중이 줄어든다. 그때부터는 신문을 보거나 인터넷 검색을 하더라도 오직 아파트만 눈에 들어온다. 아파트를 사는 것만이 내 인생 최고의 목적이 된다. 그것이야말로 최상의 선택이다. 그러나 40평대 아파트를 구입하더라도 또다시 우리 감각은 금방 그곳에 적응하고 편리함이 주는 행복감은 곧 사라지고 만다.

우리는 끊임없이 좋은 것, 넓은 것, 많은 것, 최고의 것을 찾는다. 필요하면 금방 교체한다. 주저함이란 용기 없는 행동이 되곤 한다.

필요한 것이 생겼을 때 당장 구입하여 쓰면 감사한 마음도 들지 않고 얼마간 쓰다 보면 금방 익숙해져 처음의 즐거움도 사라지게 마련이다. 필요하면 곧 사서 쓰는 것이야말로 우리 안에 복덕을 감소시키고 만물에 대한 소중함과 감사의 마음을 소진시키는 일이다. 또 욕망과 아집, 이기를 키워나가는 아주 빠른 방법이다.

필요한 것을 당장 살 것이 아니라 조금 뒤로 미루고 내 안에서 얼마

만큼 간절하게 그것을 필요로 하고 있는지 시간을 두고 살펴보라. 그렇게 살피고 또 살피다가 꼭 필요하다는 결론이 날 때 여기저기 비교해보고 힘겹게 구하게 되면 감사와 고마움, 행복감이 밀물처럼 몰려올 것이다.

크고 좋은 것에 대한 적응은 끊임없이 우리의 욕망을 부채질하게 만든다. 그래서 필요한 것을 살 때는 언제나 자신의 마음을, 내 안에 숨쉬는 욕망을 잘 지켜볼 수 있어야 한다. 그렇지 않으면 그것을 사야만 하는 온갖 이유와 핑계거리들로 인해 무엇이든 휙휙 사서 쓰는 데 재미를 붙이게 될 것이다. 돈이 없어서 사지 못하는 것이 아니라 살 수 있더라도 조금 더 미루었다가 꼭 필요할 때 어렵게 사서 쓰는 즐거움, 그 즐거움을 아는 이의 마음에는 온갖 복이 깃들고 공덕이 쌓인다.

꼭 필요한 것이 있고 사서 쓸 여력이 된다면 구입해서 사용하면 된다. 그런데 한번쯤 되짚어 보자. 욕망이 원하는 것인가, 아니면 정말로 꼭 필요한 것인가. 지금 쓰고 있는 것을 고쳐서 조금 더 쓰고, 바꿔 쓰고, 아껴 쓴다면 그리고 조금 불편하게, 조금 느리게, 좀 더 소박하게 산다면 필요한 시점을 조금 더 뒤로 미룰 수 있지 않을까. 한 며칠, 몇 달, 아니 몇 년 더 미루었다가 정말 꼭 필요할 때 조금 더 고민하다가 어렵게 지갑을 여는 것은 어떨까.

그 마음에는 모든 소유물들에 대한 감사와 행복을 넘어 경외로움까지 담겨 있다. 마음에 복을 몰고 다니는 사람이 있는가 하면 마음에서

내려놓음

날마다 해피엔딩

스스로 복을 차버리는 사람이 있다. 마음을 어떻게 쓰는가에 따라 우리 안에 복이 깃들기도 하고 복을 쫓기도 한다.

갖고 싶은 것이 있어도 조금 더 기다려보라. 입고 싶은 옷이 있어도 조금 더 뒤로 미뤄보라. 먹고 싶은 것이 있다고 그때마다 손쉽게 사 먹는 일을 줄여보라. 그러는 가운데 복이 깃든다.

《요범사훈》에 보면 "아름다운 옷을 입을 사람이 하루 입지 않으면 그 옷을 천지신령에게 하루 공양하는 것이 되고, 좋은 음식을 먹을 사람이 하루 먹지 않으면 그 음식을 천지신령에게 하루 공양하는 것이 되고, 큰 집 높은 집을 세울 수 있는 사람이 작은 집에 거주한다면 하루 한 달 내지 일 년, 수십 년간 그 사는 것만큼 큰 집 높은 집을 천지신령에게 공양하는 것이 되며, 내 몸이 사치한 일을 끊고 하지 않는 것은 그 사치할 수 있는 사물을 천지신령에게 공양하는 일에 해당하므로 한 푼도 쓰지 않고 희사하는 공덕은 이 세상 도처에 널려 있는 것입니다"라는 말이 나온다.

아름다운 옷을 갖고 싶더라도 바로 사기보다는 며칠 뒤로 미루면 그 시간만큼 천지신령과 화엄성중, 불보살님들에게 그 옷을 공양하는 것이 된다. 좋은 음식을 하루 먹지 않고 미뤄두는 것도 마찬가지다.

내일 사든 오늘 사든 별 차이가 없다고 여기지 말라. 어차피 살 것인데 빨리 사서 좋은 것을 쓰자는 생각은 버리라. 어차피 살 것이라 해도 될 수 있는 한 그 시기를 늦추고 갖고 싶은 욕망을 지켜보라. 사고 싶은

마음, 갖고 싶은 마음, 내 것으로 만들려는 바로 그 마음을 지켜보게 될
때 내 안에 숨겨진 욕망과 욕심 덩어리들이 선명하게 보이기 시작할 것
이다. 만약에 알아차림의 힘이 더 커져 조금 더 깊고 넓게 지켜볼 수 있
게 된다면 아마도 그 마음속에 들어 있던 것이 그리 대단한 것이 아니
었음을, 꼭 필요한 것이 아니었음을, 허망한 욕망이 만들어낸 환상과
같은 것이었음을 깨닫게 될 것이다.

날마다 해피엔딩

질병의
두 가지 이유

혹시 당신은 지금 지병을 앓고 있는가? 질병은 아닐지라도 몸의 어느 부분이 다른 곳보다 약하거나 이상이 있는 경우도 있을 것이다. 혹은 지금 이 순간 당신은 병원이나 요양원에 누워 침체되고 절망스러운 나날을 보내고 있을 수도 있다. 아니면 지금 당장 아픈 것은 아니지만 언제 닥쳐올지 모르는 질병에 대해 막연히 두려워하며 몸 관리에 바쁜 나날을 보낼 수도 있다.

어떤 경우일지라도 병은 언제나 우리를 따라다니며 신경 쓰이게 한다. 병이야말로 우리 삶의 아주 중요한 화두가 아닐 수 없다.

그러나 모든 병은 치유될 수 있다. 당신은 질병에 질질 끌려다니며 언제까지 아픔과 함께해야 하는 것은 아니다. 삶의 가장 자연스러운 상태는 아프지 않은 상태다. 자연 그대로는 언제나 완전하다. 우리는 언제나 아프지 않았던 자연 그대로의 상태로 회귀하고 있는 중이다. 삶의

내려놓음

방향은 건강하고도 온전한 치유의 길을 걷고 있다. 그러니 너무 걱정하지 말라. 치유는 언제나 이루어지고 있으며, 당신의 본질은 언제나 아프지 않은 상태다. 두려워하지 않아야 당신이 걱정하는 그 질병에서 벗어날 수 있다.

그렇다면 본래 건강한 자연 상태의 나에게 질병이 온 이유는 무엇일까? 질병은 도대체 왜 나를 찾아와 괴롭히는 것일까? 먼저 알아야 할 사실은 그 질병이 외부에서 온 것이 아니란 사실이다. 내 스스로 만들지 않은 질병을 우주가 만들어낼 일이 없지 않은가. 그렇기 때문에 모든 질병은 스스로 이겨낼 수 있으며 자기 스스로 치유할 수 있다. 모든 치유의 힘은 언제나 내면에 충족되어 있다. 나에게서 나왔기에 그것을 풀 수 있는 힘도 나에게 있는 것이다.

그러면 우리 삶에 질병이 오게 되는 이유를 살펴보자. 질병은 크게 보면 두 가지 이유와 목적을 가지고 온다.

첫째, 그것은 나를 깨어나게 하고 인생의 의미를 배우게 하기 위한 목적으로 온다. 우리의 삶은 언제나 참된 진실, 진리의 근원으로 되돌아가기 위한 여정이다. 우리는 삶이라는 배움터에서 흥미롭고도 유쾌하게 하나하나의 삶의 과정들을 배우고 깨달아가고 있다. 삶이 주는 모든 과정을 무사히 잘 깨닫고 배워나감으로써 삶의 진보를 이룩할 수 있고 영적인 깨달음을 얻을 수도 있다. 결국 우리의 본향(本鄕)인 자성의 바다에 이르는 숭고한 귀의의 여정이 바로 인생인 것이다.

그런데 배움과 깨우침이란 언제나 균형을 이루어야 한다. 좋은 일, 행복, 기쁨, 건강을 통해서도 삶의 의미를 깨달을 수 있지만 그 반대의 경우를 통해서도 균형 있게 깨달아가야 하는 것이다. 즉, 행복 속에서 깨닫는 만큼 불행 속에서도 깨달아야 하며, 건강 속에서 깨닫는 만큼 질병 속에서도 깨달아야 한다. 그것이 바로 우리 삶이 언제나 역동적인 하나의 거대한 파장으로써 행과 불행, 기쁨과 슬픔, 건강과 질병, 좋은 일과 나쁜 일들이 다이내믹하게 연출되고 있는 이유다. 말 그대로 삶은 하나의 파장이며 파동이다. 파동은 언제나 골과 마루로 이어진다. 그리고 바로 그것이야말로 우리의 삶을 균형 있게 일깨워주고 조화롭게 배워나갈 수 있는 깨달음의 장이 되고 있는 것이다. 즉, 건강을 통해서도 삶을 알아가지만 때로는 질병과 아픔을 통해서도 삶을 깨달아가야 하는 것이다.

우리는 건강할 때 꿈과 희망을 마음껏 펼치면서 원하는 모든 것들을 해낼 수 있다. 원대한 목표를 가지고 그것을 이루어나가며 더 많은 것을 삶에서 이루기 위해 끊임없이 노력한다. 그러나 너무 과도하게 일에 집착하거나 목표를 향해 달려갈 때 우주는 균형을 맞추기 위해 잠시 쉴 수 있도록 질병을 만들어내는 것이다. 우주는 언제나 삶의 중도와 균형을 위해 움직이기 때문이다. 이때 질병을 만들어낸 것은 삶 자체가 아니라 자기 자신이다. 중도적으로 균형 있게 적절히 노력하고 집착 없이 일했다면 우주 법계는 굳이 질병을 만들어낼 이유가 없었을 것이다. 여

내려놓음

기서 우리는 질병을 통해 너무 크게 집착하지 말고, 너무 바삐 목적만을 향해 달려가지 말아야 한다는 소중한 교훈과 깨우침을 얻게 되는 것이다. 질병을 통해 삶을 되돌아보고, 앞만 보고 달려가던 삶에 잠시 제동을 걸고 쉼의 의미를 깨닫는 것이다.

병의 두 번째 이유는 업장소멸, 카르마의 정화에 있다. 쉽게 말해서 내면에 내포하고 있던 어둡고 탁한 부분이 병을 통해 풀려나가는 것이다. 우리는 과거 전생으로부터 시작해 수많은 악업과 선업을 반복해서 쌓아오고 있다. 그 가운데 특히 악업들은 쌓이고 쌓였다가 특정 인연을 만나면 다양한 방식으로 풀려나옴으로써 정화가 되어야만 한다. 다시 말해 업장이 소멸되기 위한 하나의 방식으로 병이 생겨나기도 하는 것이다. 이때에도 병을 만들어낸 것은 나이며, 그 병이 빨리 풀려나가 정화되도록 만들어주는 것은 우주 법계인 것이다. 즉, 우주 법계의 진리는 언제나 업장이 소멸되어야 할 가장 정확한 때를 알고 있다. 내 안에 켜켜이 쌓인 업장의 어둡고 탁한 덩어리들이 빠져나감으로써 우리 몸은 한결 가볍고 청정하게 정화될 수 있는 것이다. 업장소멸의 측면에서 보더라도 병은 우리를 괴롭히기 위해 찾아온다기보다는 업장을 정화시켜주고 내면의 찌꺼기들을 비워내주는 역할을 하고 있는 것이다.

이처럼 모든 병은 목적이 있어서 찾아온다. 아무런 이유 없이 찾아와 뜬금없이 나를 괴롭히는 것이 아니다. 그것도 나를 괴롭히고 무너뜨리기 위한 목적이 아닌, 나를 진정으로 살리고 일깨우기 위한 무한한 사

내려놓음

랑과 대자대비한 이유를 가지고 찾아오는 것이다.

신도, 부처님도 결코 우리를 괴롭히거나 짓밟는 일을 하지 않는다. 온갖 질병을 만들어내 그 속으로 당신을 집어던지지 않는다. 그런 일을 하는 쪽은 오히려 우리다. 당신이 질병을 만들어내지 않는다면 진리는 결코 그것을 당신에게 가져다주지 않는다.

결국 모든 질병의 원인은 나 자신에게 있다. 질병에 대해서 자기 스스로 책임질 수 있어야 한다. 결코 그 누구를 원망할 수 없는 것이다. 누구도 병에 대해 외부를 탓해선 안 된다. 자기 자신의 결정이며 책임이었다는 사실을 겸허히 받아들이고 수용할 수 있어야 한다. 참된 치유는 병의 원인이 자기 책임임을 깨닫는 데서부터 시작된다. 병의 원인이 외부가 아닌 내 안에 있다는 사실을 깨닫는 자만이 그 치유의 힘 또한 외부가 아닌 내면에 있음을 알기 때문이다. 병을 부른 것도 나이지만 그 병을 치유할 수 있는 것도 결국은 나 자신이다.

우주 법계의 근원적 에너지는 무한한 자비와 사랑이다. 따라서 우리는 자연 그대로의 상태에 있을 때 언제나 자비와 사랑의 끊임없는 보살핌을 받는 완전한 상태에 있는 것이다. 그리고 우주는 언제나 우리를 완전하고도 투명한 치유의 상태로 이끌고 있다. 믿음은 치유에 있어 매우 중요하다. 지혜는 당신을 질병에 시달리게 하기보다는 완전한 치유에 한층 가까이 다가가게 해줄 중요한 진실이 될 것이기 때문이다. 자기 내부에 있는 힘을 끌어내줄 수 있는 치유의 만트라가 될 것이다.

　‘병은 우연히 그냥 오는 것이 아니다. 언제나 당신을 돕기 위한 목적으로 찾아온다.’ 다시 한 번 이 글귀를 새겨보라. 병은 언제나 당신을 자비와 사랑, 깨우침으로 이끌기 위해 찾아온다. 당신을 죽이기 위해 오거나 나락으로 처박아 올라오지 못하게 하려는 목적이 아닌 것이다. 질병은 언제나 그것이 최선이기 때문에 일어난다.

　질병 그 자체를 ‘문제’나 ‘최악’으로 바라보던 당신의 관점을 새롭게 바꾸어야 할 시점이 찾아온 것이다. 그것은 최악이 아닌 최선으로서 온 것이며 문제가 아닌 ‘문제의 해결 과정’으로서 찾아온 것이다. 그러니 두려워하지 말라. 너무 깊이 상심하지 말라. 그것은 곧 하나의 커다란 전환과 변화의 과정이 시작되었음을 의미한다. 그것은 과거의 눅눅한 찌꺼기들을 털어내고 새롭게 깨어나기 위한 목적으로 찾아온 것이다. 병 앞에서 내가 해야 할 일은 마땅히 병을 받아들이고 이를 통해 배우고 성장해나가는 것이다. 병을 두려워하지 않고 받아들여 함께 벗하며 스승으로 삼을 때 병은 본격적인 치유를 시작할 것이다.

내려놓음

내가 작아지는
즐거움

우리가 삶을 사는 이유는 무엇일까? 우리는 무엇 때문에 이렇게 열심히 삶을 살아가며 무엇을 향해 나아가고 있는가? 아마도 그것은 나를 확장시키는 데 있다고 해도 과언이 아닐 것이다. 내 소유를 늘리고 나라는 존재의 영향력을 확장시키는 등 정신적, 물질적으로 '내 것'을 늘려나가는 것이야말로 우리가 삶을 살아가는 목적이 아닐까. 즉, '나'라는 상(相), 아상과 에고를 강화시키고 확대시키는 것이야말로 대부분의 사람들의 삶의 목적일 것이다.

학생 시절에는 공부를 잘하거나 반장이나 학생회장 등을 맡아 자기를 드러내고자 하는 아상을 키워간다. 회사에 취직하면 진급을 통해 아상을 확장시키려 하고, 사업을 시작했다면 보다 더 많은 돈을 버는 것으로써 나라는 아상이 확장될 수 있을 것이다. 보통 20대 즈음이 아상이 확장되기 시작하는 때이고 30대, 40대를 거치며 다양한 사회 활동을 통해 아상은 한없이 확대된다.

그러나 아상의 속성이 무한정 확장될 수 없는 것이며, 언젠가는 축소될 수밖에 없는 운명을 타고났기에 아무리 확장되었더라도 때가 되면 축소될 수밖에 없다. 예를 들어 50대, 60대 즈음이 되어 직장에서 정년퇴직을 했거나, 사업을 했다가 망하거나, 사랑하는 사람을 잃었거나, 몸에 큰 병이 왔거나 혹은 젊어서 인기를 누렸던 유명인이 시대의 뒤안길로 잊혀져간다고 느낄 때 등 우리는 엄청난 아상의 소멸을 경험한다.

아상의 소멸은 곧 '나'의 소멸이고 삶에서 최고의 좌절이고 실패이다. 더 이상 세상에 나를 드러낼 방법이 없어지는 최악의 절망적인 순간인 것이다.

물론 나이에 상관없이 젊었을 때 아상의 소멸을 경험하는 경우도 많다. 예를 들어 잘나가던 사람이 갑자기 비리 혐의로 구속이 된다거나, 건강하던 몸에 큰 병이 온다거나, 부모나 가족의 죽음을 목격하게 되는 등 삶의 큰 고통과 좌절을 경험하게 될 때 우리의 아상은 완전히 꺾이고 마는 것이다.

그런데 정말 중요한 사실은 누구나 아상의 확장과 확대를 꿈꾸며 살고 있지만 언젠가는 반드시 축소되고 꺾인다는 것에 있다. 아상의 확대에서 오는 즐거움은 결코 영원하지 않고 유한하며 제한적이다. 잠시 즐거울 뿐이다. 아상 확장의 유혹에 빠져 집착한다는 것은 언젠가 오게 될 불행과 고통을 미리부터 준비하고 있다는 것과 다르지 않다. 그럼에도

내려놓음

날마다 해피엔딩

불구하고 삶의 목적은 여전히 아상 확장에 있다. 그것을 결코 버릴 수 없다. 그것이 바로 '나' 자신이고 실체적 자아라고 생각하기 때문이다.

그러나 여기서 우리가 직시해야 할 중요한 사실은 우리가 확장시키려 하는 '나'라는 아상이 실체가 있는 진짜배기가 아니라 단지 '나라고 생각하는 상', 즉 허상을 강화시키고 확장시키는 것일 뿐이라는 점이다. 우리가 집착하고 확장시키려는 '나'라는 존재가 사실은 실체적 자아가 아니라는 것이다. 이것을 초기불교에서는 '무아(無我)'라는 말로 설명하며, 대승불교의 《금강경》에서도 무아상(無我相)이라고 표현하고 있다. 고정된 실체로서의 '나'라고 할 만한 것이 본래 없다는 말이다.

때문에 불교를 비롯한 진리의 관점에서는 아이러니하게도 세상에서 가장 두렵고 큰 괴로움으로 여기는 아상의 축소와 소멸을 오히려 가장 큰 즐거움으로, 수행과 진리의 목적으로 여긴다.

노자는 《도덕경》에서 "성인은 자기를 내세우지 않는 까닭에 오히려 그 존재가 밝게 나타난다"고 했고, 장자는 "사람들은 명성을 바라겠지만 그 명성이 스스로를 묶는 수갑이나 족쇄임을 알지 못한다"고 했다. 부처님 또한 "이득과 명성과 칭찬을 받는 것은 속박을 벗어나 최상의 안온을 얻는 데 혹독한 방해물이 될 뿐이다"라고 설함으로써 아상의 확대야말로 경계해야 할 대상으로 지적했다.

아상이 무한히 확장되는 순간이 인생에서 가장 위험한 위기의 순간인 것이다. 아상이 확장될 때 집착과 욕망이 함께 확대되며 잠재적인

내려놓음

괴로움의 크기도 한껏 커지는 것이다. 반대로 아상이 축소되고 좌절될 때가 인생에서 가장 중요한 기회의 순간이요, 영적인 성장을 도모하고 정신적인 도약을 할 수 있는 아주 중요한 깨달음의 순간인 것이다.

여기에 인생의 아이러니가 있다. 우리 눈에는 아상이 확장되는 것이 행복이고 성공이며, 아상이 축소되는 것은 좌절이고 실패로 보인다. 하지만 진리의 눈에는 아상이 확장되는 것이 좌절이고 위기이며, 아상이 축소되는 것에서 영적 성장과 깨달음의 기회가 오는 것이다.

이러한 인생의 이치를 눈여겨보라. 그동안 돈과 명예를 얻기 위해 가족을 희생시키고 동료들을 밟고 일어서면서까지 아상 확장이라는 길 위를 미친 듯이 질주하던 우리의 삶에 제동을 걸고 멈춰 서서 돌이켜보라.

내가 인생의 성공이라고 생각하던 바로 그 길이 바로 아상 확장, 에고 확대의 길은 아니었던가. '내 것'이라는 소유, '나'라는 존재감 등이 사회 속에서 '내 영향력'을 확대시키고 내 이름을 드러내는 것에 병적으로 집착해왔던 것은 아닌가? 바로 그것이 '아상 확장'의 어리석은 길이었음을 모른 채 말이다.

물론 외적으로는 그렇더라도 내면에 집착함이 없고, 머무는 바가 없으며, 자연스럽게 인연 따라 그 길 위를 걷고 있다면 아상은 한 치도 확대되지 않은 것이다. 그 순간 그 사람의 직업이나 일이 곧 수행의 길이며 마음공부의 길과 일치하게 되는 때이다.

날마다 해피엔딩

물론 종종 사회 곳곳에서 아름다운 삶의 가치를 드러내며 살아가는 사람들이 있다. 그들은 아무리 지위와 부, 명예를 얻었더라도 전혀 물들지 않고, 집착하지 않으며 그것이 자기 자신의 실체가 아님을 잘 알고 있다. 다만 인연 따라 자연스럽게 나에게 주어진 삶의 몫일 뿐이지 내가 언제까지고 집착하여 가질 수 있는 것이 아니며, 때가 되면 소멸될 것임을 잘 알고 있다. 그렇기에 그들은 부와 명예를 누리면서도 집착하지 않고 겸손함과 소박함의 덕목을 지키며 살아가고 있다.

결국 아상의 축소든 확대든 모든 상황이나 사건은 분명한 하나의 가르침과 삶의 의미를 담고 있다. 지혜로운 이는 그것을 바로 보고 얻을 것을 얻겠지만 어리석은 이는 외적인 현상만 보고 판단함으로써 고통을 얻을 뿐이다.

아상의 축소나 소멸은 이 세상이 나를 버린 대신 진리가 나를 선택한 순간이며, 물질적으로 부족한 대신 정신적으로 충만해지는 것이며, 이번 생의 즐거움이 사라지는 대신 다음 생의 즐거움이 커지는 것이다. 깨어 있음, 비움, 진리, 깨달음, 평화라는 덕목이 비로소 내 존재 위를 아무런 걸림 없이 자유로이 오갈 수 있는 토대가 완성된 순간인 것이다.

실패를 두려워 말라. 실패 또한 성공을 위한 배움의 과정이기에 깊이 바라보면 또 다른 방식의 성공이다. 직장을 잃을까 두려워 말라. 퇴사는 또 다른 새로운 기회의 순간을 받아들이라는 우주 법계의 명령일 수 있다. 명예나 명성을 잃을까 두려워 말라. 아무런 명성 없이 은둔하는

내려놓음

삶이야말로 가장 큰 공덕이 깃드는 때이다. 가난을 두려워 말라. 가난한 삶이야말로 모든 성인과 현자가 걸어간 삶의 방식이다. 예수는 "가난한 자에게 복이 있다"고 했고, 프란치스코는 "가난에 저주가 들어 있는 게 아니라 부유와 권세, 허욕에 저주가 들어 있어 독이 된다. 가난이란 창조의 한 실수가 아니라 어쩌면 창조의 가장 중요한 마지막 장"이라고 했다.

모든 위기의 순간이자 아상 축소의 순간은 외적으로는 고통인 대신에 내면적으로는 또 다른 차원의 성스러운 배움과 성장의 기회를 동시에 내포하고 있다는 것을 항상 기억하라.

날마다 해피엔딩

삶이라는
연극의 역할 놀이

지금의 나는 내가 아니다. 내가 알고 있는 '나'라는 모습, 그것이 나인 것은 아니다. 사회적인 존재로서의 '나', 내가 '이러이러하다'라고 알고 있는 내가 바로 진짜 나일까? 모든 것은 다만 아상, 에고의 감옥일 뿐이다.

나는 누구인가. 물론 우리가 알고 있는 '나'는 상황과 환경, 때에 따라 끊임없이 변한다. 회사에서는 사장이거나 과장, 말단 사원일 수 있고 집에 돌아오면 한 집의 가장이거나 자식일 수 있으며 또 주말 모임에 가면 회장이거나 총무일 수도 있다. 그리고 그때마다 우리의 아상과 에고의 위상은 달라진다. 상황에 따라 우리가 바로 그곳에서 해야 할 몫의 연극을 해내면서 살아가는 것이다.

어디 그뿐인가. 가게에 가면 손님으로, 차를 타면 승객으로, 복지 시설에서는 자원봉사자로 바뀐다. 하루에도 아니 매 순간마다 우리의 자

내려놓음

아는 그 상황에 걸맞은 연극을 한다. 바로 그 역할이 내가 되는 것이다.

그런데 그 역할들의 특성은 어떠한가? 어느 한 가지 역할만이 나의 본래적인 자아이거나 '나의 본질은 이거야'라고 할 만한 정해진 본연의 역할이 있는가? 그렇지 않다. 끊임없이 역할을 바꿀 뿐이다. 바로 이 역할 놀이, 연극의 배역을 끊임없이 상황 따라 바꾸어가는 배역 놀이야말로 우리 삶의 생생한 현실이다. 바로 이 상황극을 잘할 줄 아는 것이 삶에서 매우 중요한 초점이 된다.

삶의 배역을 온전히 잘해낸다는 것은 무엇을 의미하는가? 그것은 나에게 배역이 주어질 때 바로 그 배역에 나의 모든 에너지를 쏟아부어 완전히 용해될 수 있어야 한다. 그 순간, 바로 그 배역과 행위가 완전히 하나 될 수 있어야 한다. 그 배역이야말로 내가 삶에서 행할 수 있는 최고의 선택이다.

최고의 배우는 영화를 찍을 때마다 배역과 완전히 하나가 되어 역할에 몰입함으로써 바로 그 사람이 될 수 있어야 하는 것처럼. 그리고 그 영화가 끝나고 다른 영화에서 새로운 배역이 주어지면 이전의 역할을 잊고 주어진 배역과 하나를 이룰 줄 안다.

그런데 인생이라는 역할 놀이에서 한 가지 주의할 점이 있다. 그 역할이 주어질 때 온전히 깨어 있는 의식으로 최선을 다하되 착각해서는 안 된다는 점이다. 다시 말해서 최선을 다할지언정 그 역할이 나 자신인 것으로 착각해서는 안 된다. 잠시 인연 따라 주어진 배역과 나 자신

날마다 해피엔딩

내려놓음

을 동일시해서는 안 된다. 최선의 집중으로 그 배역을 행할지언정 역할 자체에 욕심을 부려서는 안 된다. 본질적인 차원에서 그 배역은 실체적인 '내 것'이 아니다. 잠시 내가 연극을 한 것일 뿐이다.

바로 이 점이 우리가 삶에서 정신 똑바로 차리고 지켜보아야 할 삶의 실천 덕목이다. 이것을 놓치는 순간, 우리 삶은 고통과 번뇌와 마주할 수밖에 없는 지점에 놓이게 된다. 그 배역을 자신과 동일시함으로써 단순히 하나의 배역이 아니라 '나 자신'이라는 정체성으로 오인하는 것, 그것이 바로 아상이자 에고의 거친 감옥 속으로 뛰어드는 일이다.

지금 자신에게 주어진 직업이나 역할을 '나 자신'의 정체성이라고 오해하고 있지는 않은지 되돌아 볼 일이다.

내가 아는 중간 관리자 분이 오랜 회사 생활을 마감하면서 한 말은 많은 것을 생각하게 한다.

"25년 정도 회사 생활을 하면서 도대체 무엇을 하며 어떻게 달려왔는지 모르겠어요. 그냥 죽자 살자 뒤도 옆도 안 보고 앞만 보고 달렸습니다. 그리고 그것이 잘 사는 것인 줄 알았고, 회사를 위하는 동시에 가족을 위해 잘하고 있는 것인 줄 알았지요. 그동안 오직 회사에서의 성공과 진급이 내 삶의 중심이었어요. 가족과는 마음 편히 휴가 한 번 다녀오지 못했고 주말에도 밀린 업무 때문에 기억에 남는 나들이 한 번 가지 못했습니다. 평소 아이들과 대화를 나누지 못했는데 이제는 훌쩍 커버려 서먹서먹할 정도입니다. 이제 정신 차리고 이야기하려 해도 이

날마다 해피엔딩

젠 아이들이 나를 필요로 하지 않아요. 어떻게 살아온 건지, 뭐가 맞는 건지 모르겠습니다.”

회사에서 열심히 일하지 말라는 뜻이 아니다. 회사에서는 최선을 다해 일하되 퇴근 후에는 회사 일을 마음에서 퇴근시키고 아버지와 남편의 역할에 집중할 수 있어야 한다는 말이다.

현대인들은 하루 24시간도 모자라 주말과 휴가, 심지어 자신의 삶조차 반납해가며 일에 매달리는 것을 당연시하는 듯 보인다. 과연 그럴까?

퇴근 후에 아버지와 남편으로 완전히 돌아오지 못하는 사람은 회사에서도 완전히 순수하게 일에 집중하지 못한다. 순수하게 일하는 것이 아니라 내 욕심과 집착이라는 ‘아상’에 기초해서 일하기 때문이다. 진급도 하고, 인정도 받기 위해서 일도 열심히 하는 것이다. 그저 순수하게 오직 나에게 주어진 삶의 역할로서, 일 자체로서가 아니라 아상이라는 삿된 욕구가 개입된 채 일하는 것이다. 그러나 아상이나 욕심이 개입됨 없이 오직 순수하게 내 삶의 주어진 몫으로서 ‘함이 없고 집착 없이 그 일을 행한다면’ 분명히 그 사람은 퇴근과 동시에 가족으로서의 또 다른 몫에도 순수하게 동참할 수 있을 것이다.

그렇다면 나는 어떠한지 자문할 일이다. 스님이라는 역할이나 틀에 갖혀 ‘나 자신’이라는 하나의 자유로운 존재를 억압하거나 집착하고

내려놓음

있지는 않은가. 자신의 직업과 위치가 나인 것으로 착각하며 살고 있지는 않은가. 우리는 역할 놀이를 할지언정 매 순간 그 역할이 나 자신이 아니라는 점을 사유해야 한다. 그 역할은 하나의 놀이일 뿐이며 아주 잠시 내게 주어진 이번 생의 배역일 뿐이다. 그 사실을 깨달을 때 우리는 매 순간 어떤 '역할'로서가 아닌 순수한 '한 존재'로서 바로 그 순간을 온전히 살 수 있게 된다.

부모가 자식을 대할 때도 마찬가지다. '나는 부모이고 너는 내 자식일 뿐이다', '너는 내 말에 따라야 한다'고 하는 부모 자식 간의 일반적인 편견과 역할의 동일시 없이 오직 순수한 '한 존재'가 또 다른 '한 존재'와 자연스럽고 향기 나는 관계를 맺을 수 있어야 한다.

그리하면 모든 존재와의 만남은 부처와 부처가 서로 만나는 것 같은 깊은 영적 교감과 성숙의 장이 될 수 있는 것이다. 다만 역할을 하되 그 역할에 자신을 동일시하지 않을 때 모든 관계는 비로소 순수해지며 삶의 영적 진보가 시작된다. 그렇게 만나야 모든 관계가 존재의 성숙과 진화를 위한 창조적인 관계로 발돋움한다.

머물지 말라. 그것이 '나'라는 착각을 완전히 거두라. 배역을 하되 마음은 배역에서 완전히 떠나라. 배역은 단지 배역일 뿐 내가 아니다. 그러면 참된 진짜 내 배역은 무엇인가. 가짜 역할이나 배역 말고 진짜배기 '나'는 누구인가.

배역에 집착함이 없이 다만 순수한 깨어 있음으로 순간순간의 역할

날마다 해피엔딩

을 관할 때 비로소 가짜가 아닌 진짜 '내가 누구인가'에 대한 답을 찾게 된다. 참된 나를 찾기 위해 우리가 해야 할 일은 바로 이것뿐이다. 이번 생에서 나에게 주어진 삶의 몫과 배역을 온전한 집중과 알아차림으로 행하되 거기에 집착하거나 얽매임 없이 행하는 것, 그것이야말로 우리를 이끄는 지고의 수행이요, 열반에 이르는 길이다.

내려놓음

가치관에
집착하지 말라

　사람들은 저마다 가치관, 신념 혹은 고정관념을 가지고 살아간다. 그리고 그 가치관들은 끊임없이 변화한다. 어떤 가치관을 선택할 것인가는 전적으로 자신의 결정에 달려 있다. 그렇기에 가치관이란 것은 선택의 문제이지 옳고 그름의 문제가 아니다. 어떤 종교나 사상, 사고나 생각, 신념을 선택할 것인가는 전적으로 내 문제이고 그에 따른 책임도 나에게 있다.

　때로 하나의 가치관에 생각이 굳어져 있으면 그대로 세상을 사는 것만이 의미 있는 길이라 여기곤 한다. 나와 상반되는 가치관을 가진 사람에 대해서는 도무지 이해를 할 수 없는 것이다. '어떻게 저렇게 말도 안 되는 생각을 하면서 살 수 있지?' 그러나 그렇게 생각하는 나처럼 상대방도 분명 똑같이 생각하고 있을 것이다.

　서로 다른 종교를 자기 삶의 가치관으로 받아들이는 두 사람이 있다고 치자. 그 둘은 상대방을 보면서 안쓰럽고 답답함을 느낄 것이다. '어떻게 저 종교를 선택할 수 있는지' 도무지 이해가 안 될지도 모른다. 혹은 마음속에서 심한 거부감과 배타적인 느낌을 갖게 될지도 모른다. 그래도 이 정도면 아주 괜찮은 편이다.

이 세상과 인류의 역사를 보라. 어떤 종교를 선택했느냐 하는 문제가 수많은 전쟁과 죽음을 몰고 오기도 했다. 내가 선택한 종교와 가치관만이 올바른 것이며, 다른 것은 모두 적이고 잘못된 것이라는 생각에 빠졌기 때문이다.

어떤 가치관을 선택할 것인가 하는 문제는 이처럼 중요하다. 그러나 더 중요한 것은 어떤 가치관을 선택할 것인가가 아니라 어떤 가치관도 전적으로 옳거나 그르지 않다는 자각에 있다. 불교라는 종교만 100퍼센트 절대적으로 옳은가. 만약 어떤 불자가 그렇게 생각하고 있다면 그 사람은 불교를 전혀 이해하지 못하고 있는 것이다. 《금강경》은 물론 수많은 경전에서는 경전의 말씀에 집착하지 말고, 부처를 만나면 부처를 죽이고 조사를 만나면 조사를 죽이라고 했다. 그것이 바로 열려 있는 진리의 정신이다. 참된 진리는 하나의 가치관, 신념, 종교에 전적으로 집착하여 그것만이 진리라고 고집하지 않는다. 열려 있음, 무집착의 정신이야말로 진리를 진리일 수 있게 하는 정신이다.

참된 불자라면 기독교 성경을 보면서도 활짝 열린 마음으로 선입견이나 편견 없이 있는 그대로 그 안의 진리를 볼 수 있다. 왜 우리가 성

내려놓음

날마다 해피엔딩

경이 불교 경전이 아니라는 단 하나의 이유 때문에 선입견을 가지고 좋지 않은 느낌이나 판단을 앞세워야 하는가. 선입견과 편견은 성경 안에 담긴 참된 말씀을 보지 못하게 하는 장벽이 될 뿐이다. 이는 모두 하나의 가르침, 신념, 가치관, 종교만이 옳다고 스스로 결정짓는 어리석음에서 기인하는 것이다. 어느 한쪽만 전적으로 옳으면 나머지 한쪽은 틀리다는 말인데 그로인해 선과 악, 아군과 적군, 옳고 그름이 생겨나며 결국 다툼과 투쟁으로 이어진다.

잘못된 가치관을 절대적으로 선택하여 믿게 되면 목숨을 버리는 일이나 남들의 목숨을 빼앗는 일까지도 아주 쉽게 자행하게 된다. 이 얼마나 무서운 일인가.

어디 그뿐인가. 우리의 삶을 가만히 지켜보라. 모든 삶의 행위들, 몸과 말, 생각으로 이루어진 행위, 즉 업(業)들은 그 이면에 하나의 가치관과 신념을 토대로 하고 있다. 아주 사소한 행위 하나에도 그 이면에는 특정한 가치관을 바탕으로 하고 있다.

어떤 가치관을 선택하는 것은 어떤 삶을 살 것인지와 같다. 따라서 내 가치관은 어떠한가를 객관적으로 잘 지켜볼 수 있어야 한다. 그것이야말로 내 삶이 가지고 있는 많은 문제를 풀 수 있는 열쇠이다. 내 삶에 어떤 문제가 있다면 그것은 그 이면을 지탱하고 있는 가치관에 문제가 있다는 말이기 때문이다. 바로 그 너머에 떡 버티고 있는 가치관에서 문제를 찾아내면 의외로 쉽게 해결되기도 한다.

내려놓음

그러므로 첫째는 올바르고 좀 더 좋은 가치관을 선택하는 것이 중요하고, 둘째는 어떤 가치관이든 어느 한쪽에 극단적으로 치우치거나 집착하지 않는 것이 중요하다. 물론 방편의 가르침인 첫째도 중요하고 본질의 가르침인 둘째도 중요하다. 방편을 무시하고 세상을 살 수도 없고 본질을 무시하고 방편만 가지고 살 수도 없기 때문이다.

우리가 선택할 수 있는 좋은 가치관에는 무엇이 있을까. 좋은 가치관은 우리 삶을 보다 향기롭게 하고 본질적인 생명의 숨결을 드러나게 해준다. 방편으로서의 좋은 가치관을 예로 든다면 선을 행하라, 보시를 행하라, 집착하지 말라, 소박하게 살라, 내 삶에 나타나는 모든 존재와 행위를 다 인정하고 받아들이라, 과거나 미래에 얽매이지 말고 오직 지금 이 순간을 살라, 때때로 산길을 거닐라, 자연 속에서 산책의 시간을 가지라, 기도하고 명상하라, 인위적인 것보다는 무위(無爲)의 자연과 벗하라, 녹차 한 잔의 여유를 즐기라, 홀로 있는 텅 빈 시간을 가지라, 개발과 발전의 논리보다는 보존과 생명의 정신을 지키라, 가공된 먹을거리보다는 자연 그대로의 먹을거리를 택하라 등이 있을 것이다. 그러나 이 또한 집착하면 안 된다.

집착하면 좋고 나쁜 것이 생겨서 사랑과 미움이, 애정과 증오가 생기고 둘로 나뉘는 순간 다툼과 전쟁의 씨앗이 움트기 시작할 것이다. 기도와 명상을 하는 것은 좋은 것이라는 가치관을 선택했다고 해서 기도와 명상을 하지 않는 사람을 미워하거나, 어리석다고 폄하하거나, 못났다고 할 것은 없다는 말이다. 그렇게 판단하는 순간 상대와 나는 둘로 나뉘게 되고 좋고 나쁜 판단은 곧 마음속에 다툼과 증오를 남긴다. 그러므로 올바른 가치관을 선택하는 것도 중요하지만 더 중요한 본질은 어떤 가치관에 집착하지 않는 것이다.

부처님은 올바른 가치관을 가지고 세상을 사는 분이 아니라 모든 가치관을 버리고 세상을 살아간 분이다. 모든 가치관에 대한 애착이나 증오, 좋고 싫은 판단을 버리고 다만 있는 그대로 자연스럽게 인연 따라 선택하여 쓸 수 있는 자유로운 정신을 소유한 자다. 특정한 가치관에 집착하지 않기 때문에 어떤 가치관도 거부감도, 편견도, 치우침도 받아들일 수도 있고 받아들여 쓴 뒤에 버려야 할 때가 오면 미련 없이 버릴 수 있는 것이다. 그것이 바로 참된 중도(中道)의 가르침이다.

하나의 가치관에 집착하지 말라. 그것이 내 정신을 옭아매고 상대를 죽일 수도 있다. 내 삶의 모습도 인위적인 선택으로 만들어진다. 모든 가치관을 버리라. 버리되 모두를 다시 가지라. 다 버리고 났을 때 비로소 모두를 자유자재하게 가져다 쓸 수 있다.

대인관계나 비즈니스에서 내가 선택한 가치관들은 어떤 것인지 가만히 살펴보라. 할 수 있다면 가치관, 신념 목록을 만들어 보라. 그 가치관에 대한 집착 때문에 다툼과 미움, 증오를 낳는 것은 무엇이 있는지 살펴보라. 하나하나의 가치관 목록에는 분명 수많은 좋은 일들과 나쁜 일들이 뒤따라 이어질 것이다. 좋은 일에는 더욱 애착하고 나쁜 일은

내려놓음

더욱 증오하는 마음이 연이어 생겨날 것이다. 좋은 사람과 나쁜 사람을 나눠놓고 사랑과 증오를 품게 될 것이다. 내 편과 상대편이 생겨나고 내 것과 네 것이 생겨나며 거기에서 크나큰 어리석음인 '아상'이 자리 잡게 될 것이다. 그러나 가치관 목록에 대한 집착을 놓아버리면 좋고 나쁜 일이 사라지고 평등과 평화, 적멸의 고요가 뒤이을 것이다. 이 세상에 대한 모든 시비 분별이 끊어지고 미움과 증오, 다툼이 모두 사라질 것이다.

날마다 해피엔딩

중요한 것이 없는
즐거움

자신의 인생에서, 혹은 지금 이 순간 내가 가장 중요하다고 생각하는 것은 무엇인가? 내 삶에서 가장 중요한 것이 무엇인지를 한번 적어 보자. 어떤 사람이나 일이어도 좋고 돈이나 명예, 자동차와 아파트, 사랑과 우정, 수행과 보시 그 어떤 것이어도 좋다. 유·무형의 모든 것에 가치를 매기고 중요하게 생각할 수 있다. 그중 가장 중요한 순서대로 번호를 매겨보자.

우리 앞에는 이제 내 인생에 가장 중요한 것들을 순서대로 적은 목록이 있다. 인생을 가치 있고, 열정적이게 해주며, 살아 있게 만들어주는 것들이다. 이 목록을 하나하나 성취했을 때 아마도 나는 행복하고 기쁜 삶을 살게 될 것이다. 특히 첫 번째 목록을 이루는 그날이 내 생애 가장 행복한 날이 될 것이다.

그러면 마음을 비우고 다시 한 번 목록을 살펴보자. 축하한다. 드디

내려놓음

어 당신은 자신이 가장 집착하고 얽매여 있는 것이 무엇인지를 찾아냈다. 내 삶을 가장 기쁘게 만드는 것도 이 목록이지만 반대로 내 삶을 가장 괴롭게 만드는 것 또한 이것이다. 이 목록이야말로 나를 울고 웃게 만들면서 나를 조롱한다. 나는 여기에 얽매여 꼼짝달싹 못한다. 이것에 따라 내 삶의 행복과 불행, 기쁨과 슬픔이 끊임없이 교차하고 나와 내 삶이 좌지우지된다.

내가 중요하다고 생각하는 것들은 아상을 충족하게 만들어주고 나를 행복하게 하는 동시에 우리를 집착과 욕망의 수렁으로 몰아넣고 묶어둠으로써 자유를 제한하는 것이기도 하다. 그것은 곧 집착을 불러온다. 즉, 중요하다는 것은 동시에 내가 거기에 많이 얽매이고 묶여 있음을 뜻하는 것이다.

그렇기에 중요한 것을 대하는 우리의 마음은 가벼울 수가 없다. 중요한 것일수록 무겁고 심각해지는 것이다. 심각해지면 삶에 힘을 주게 되고 이완하지 못한다. 사실 이 세상에 과도하게 심각할 만한 것은 없다. 천상세계 하늘 신들이 배꼽 잡고 웃는 가장 큰 유머가 '인간세계에서 사는 게 너무 힘들었다'는 말을 들었을 때라고 한다. 진짜가 아닌데 진짜라고 생각해 그 가짜 속에서 괴로워하는 것을 아는 까닭이다.

사람들은 저마다 중요하게 생각하는 것이 다르다. 그렇기에 어떤 사람에게 중요한 것이 다른 사람에게는 전혀 중요하지 않을 수 있다. 중요도와 심각성은 이처럼 중립적인 대상에 대해 내 스스로 부과하는 무

내려놓음

게감인 것이다. 중립적인 대상에 욕망을 일으켜 무게감과 심각성을 부여하면 그때부터 그 대상은 특별히 중요한 것이 된다. 이제부터는 그 대상이 거꾸로 나를 휘두르며 주인 행세를 하게 된다. 스스로 자기 주도권을 내준 것이다. 그 결과 대상의 조건에 따라 울고 웃으며, 즐거워하고 괴로워하는 노예로 전락하고 만다.

내가 부여한 중요도에 도리어 내가 당하고 마는 것이다. 중요도를 부여한다는 것은 그 대상에 실체성을 부여한다는 뜻이기 때문이다. 이 세상에 그 어떤 것도 실체적인 것이 없지만 실체성을 부여함과 동시에 그것이 나를 실제적으로 휘어잡는 것이다. 중요도를 낮춘다는 것은 곧 내 바깥에 나를 휘두를 만한 실체적 대상이 없다는 것이다. 그때 삶은 주인 의식을 부여받고 주도권을 행사하게 된다.

더욱이 집착과 욕망은 오히려 바라는 바를 이루지 못하게 하는 힘으로 작용한다. 너무 과하게 이루고자 애쓰면 오히려 반대급부의 에너지가 상승하여 이루어지는 것을 방해하게 되는 것이다. 반드시 이루어야 한다는 집착이 클수록 사실 그 이면에는 이루지 못할 것에 대한 두려움도 함께 커지기 때문이다. 욕망이 클수록 이룰 수 있을까 하는 의심도 커지는 것이다. 이루지 못하면 어쩌지 하는 의심과 두려움이 이루지 못하는 현실을 창조해내는 힘으로 전환되는 것이다.

반드시 이렇게 되어야만 한다고 고집하던 마음을 돌이켜 이렇게 되어도 좋고 저렇게 되어도 좋은, 마음의 여유로운 빈 공간을 만들어 보라.

날마다 해피엔딩

중요한 것에 대한 중요도를 낮추라. 중요한 것이 없는 사람의 삶은 가볍고 경쾌하다. 크게 신경 쓸 것도 괴로울 것도 없다. 그렇다고 중요도를 낮춘다는 것이 반드시 삶에 대한 에너지가 낮아지는 것을 의미하는 것은 아니다. 어영부영 나태하고 게으르게 산다는 것은 더더욱 아니다. 오히려 중요한 것들에 집착하는 에너지를 낮추게 되면 대신 순수한 열정으로 늘 깨어 있을 수 있다. 과도하게 힘을 쏟는 사람보다 훨씬 일의 효율성이 높다. 가볍고 즐겁게 행하는데 성과는 더욱 커진다. 오히려 과도하게 애쓰면 힘만 들 뿐 우주적인 자연스러운 삶의 흐름을 타지 못하게 되는 것이다.

중요한 것에 대해 집착하는 에너지를 낮추되 순수하게 최선을 다할 수 있다. 욕망하지 않고 단지 원할 수도 있다. 욕망은 실패에 대한 두려움을 내포하지만 순수한 바람은 단순한 의도일 뿐 결과를 두려워하지 않는다.

삶에 대한 중요도를 조금 낮추면 삶은 더없이 자유로워진다. 중요한 것이 없을 때 삶은 가볍고도 자연스럽게 흘러간다.

내려놓음

틀에서 벗어나
자유를 찾으라

어떤 틀 속에 갇히지 말라. 성격, 특기, 주변 환경, 가족, 직장, 친구, 꿈, 희망, 종교, 사상, 삶의 방식 등 어떤 것이라도 그 안에 갇히는 순간 삶은 정체된다. 갇히면 거기에 머물게 되고, 머물면 집착이 생기며 집착이 생기면 그에 따른 괴로움이 생기게 마련이다. 갇힌 삶은 생기와 순수성, 자기다운 삶의 방식을 잃게 만든다. 틀에 갇힌 삶은 집착과 욕망의 확장을 향해 치닫는다. 그것이 전부라고 확신하면서.

태어나면서부터 테러 집단에서 나고 자란 사람의 꿈은 테러 집단의 우두머리가 되는 것이다. 결코 그 테러 집단의 굴레를 벗어날 생각을 하지 못 한다. 어쩌면 그 사람은 테러를 성전이라고 생각할 수도 있고, 유일하고 온전한 지혜와 진리의 길이라 여길 수도 있다. 남들은 숭고한 길을 이해하지 못한다고 매도할 수도 있다. 물론 그 집단에서 벗어난 시선으로 바라본다면 쉽게 깨달을 수도 있는 것을 그 틀 안에 있는 동

날마다 해피엔딩

안에는 깨닫기 힘들 수도 있다.

어떤 이념 집단이나 종교 집단의 틀 속에서 자라났다면 그 사람은 오직 그 종교 내지 이념 외에는 관심이 없다. 이스라엘인들은 오직 유대교 외에는 모르고 사회주의 국가 사람들은 공산 사회만이 그들의 이상일 수밖에 없다. 결코 그 틀을 벗어나지 못한다.

어떤 이념이나 종교, 사상이 되었든 그 안에 갇히는 순간 우리는 더 많은 것들을 볼 수 있는 눈을 잃고 만다. 틀 밖에서 살고 있는 자유로운 시선에서 본다면 그 안에 갇혀 있는 모습이 환히 보이겠지만 그들 눈에 그것은 갇힌 것이 아니다.

그러나 사실은 이들만 그런 것이 아니다. 우리 모두가 크고 작은 틀 속에 갇혀 있다. 꽁꽁 묶여 도무지 벗어나지 못하면서도 스스로 묶여 있고 갇혀 있다는 것을 깨닫지 못한다.

예를 들어 자신이 다니고 있는 직장을 최고로 알고 있는 이에게는 그 외의 다른 직장은 도저히 꿈꿀 수 없다. 그 사람에게는 직장 안에서 승진하면 무조건 성공이고 퇴출당한다면 실패일 뿐이다. 해적으로 태어난 이의 꿈은 해적의 두목일 수밖에 없듯 그 직장이라는 틀 속에 갇혀 있는 이의 꿈은 오직 그 직장 안에서의 성공일 수밖에 없다.

그러나 틀을 깨고 잠시 벗어나서 바라보면 그 틀이 그다지 견고하지도 않고, 나의 전부인 것도 아니며, 언제든 벗어나도 되는 것이었음을 알게 된다. 그 직장은 헤아릴 수 없이 많은 직장들 가운데 하나에 불과

내려놓음

날마다 해피엔딩

하다. 그 하나에 목숨 걸 일이 아니지 않은가. 진급하지 못했다고 실패한 것은 아니다. 그것은 오히려 그 틀 속에서 이제 비로소 자유로워졌음을 의미할 수도 있다.

　누구나 틀에 갇혀 있다. 이 글을 읽는 순간에도 ‘맞아, 맞아’ 하고 맞장구를 치면서 ‘참, 불쌍한 사람이야’ 하면서도, 정작 내가 어떤 틀 속에 갇혀 있는지는 모르는 사람들이 대부분이다. 있는 그대로를 있는 그대로 보는 시선, 그것이 불교 수행법의 핵심인 팔정도(八正道)의 ‘정견(正見)’이다. 있는 그대로를 틀 속에 갇힌 시선으로 보는 것이 아니라 ‘있는 그대로 보는 것’을 말한다. 그러나 있는 그대로 나를 바라본다는 것은 얼마나 어려운 일인가. 내가 어디에 갇혀 있는지 어떤 사상과 가치관, 틀 속에 매여 있는지를 분명히 본다는 것은 어렵다. 그렇더라도 우리가 일평생 동안 해야 할 것은 내 삶과 행위 전체를 틀 속에 가두지 않은 채 텅 빈 시선으로 있는 그대로 ‘관찰’하는 일이다. 그때 그 틀이 무엇인지 보게 되고, 틀에서 벗어날 수 있으며, 틀을 깨고 나왔을 때 비로소 삶은 진정으로 자유로워질 수 있다.

　나를 ‘어떤 성격’이라는 틀에 끼워 맞추지 말라. ‘내 성격은 원래 이렇다’라고 결정짓지도 말라. 내가 원하고 바라는 성격이 되지 못한 것을 원망할 것도 없다. 내가 원하는 ‘성격’을 버렸을 때 비로소 나다운 성품이 길러진다.

친구를 사귀는 데 '이러이러한 친구'가 좋다며 정해놓고 사귈 것도 없다. 그 틀은 자유로운 인간관계에 제재를 가함으로써 나의 대인 관계에 제약을 가져올 것이다. 그 사람이 만나는 사람이란 언제나 비슷한 사람이다. 비슷한 취미와 특기, 성격을 가진 사람만을 선택적으로 만나는 한 그것을 뛰어넘어 삶의 나래를 펼칠 가능성을 잃게 된다.

설법을 듣고, 책을 읽더라도 내 나름대로 옳고 그른 틀을 정해놓게 되면 그 틀에 맞는 것들만 선택적으로 받아들이게 됨으로써 새로운 것들이 전혀 내 안으로 스며 들어올 수 없다. 삶은 진부해지고 따분해지며 매일 똑같은 나날이 되고 만다. 그러나 그 틀을 깼을 때 매 순간 새로운 것들이 나를 위해 준비되어 있음을 느낄 것이다.

꿈과 희망을 품고 사는 것도 좋은 방법이지만 특정한 목표와 꿈을 정해놓고 집착할 필요는 없다. 꿈과 희망은 언제든지 수정 가능한 것일 필요가 있다. 그래야 꿈과 희망이 아름다울 수 있으며 미리 정해져 있으면 그것은 집착일 뿐이다.

제행무상, 변화야말로 우주적인 진리가 아닌가. 꿈과 생각, 가치관 등 세상 모든 것이 자연스럽게 변할 수 있을 때 우주적인 조화의 한 축에 낄 수 있다. 변화를 두려워하고 어떤 틀에 갇혀 그 안에서만 아등바등해서는 이 우주 법계의 동반자도 주인도 될 수 없다.

어떻게 사는 게 잘 사는 것이냐 하는 생각도 내 나름대로의 삶의 방식일 뿐 거기에 갇혀 있거나 그것만 옳다고 고집할 필요는 없는 것이다. 내가 사는 방식, 내가 믿는 종교, 내가 가진 생각들에 갇혀 있는 사람일수록 다른 사람이 사는 방식, 종교, 생각 들을 거부하고 잘못된 것으로 규정짓는 데 주저하지 않는다. 틀 속에 갇혀 있을 때는 나만 옳은 것 같고 남들은 다 틀린 것처럼 보인다. 그러다 보면 남들과 마찰도, 싸움도, 근심 걱정도 많을 수밖에 없지만 그 틀을 빠져나오고 보면 모두가 서로 다르면서도 우주적인 조화를 이루는 아름다운 모습임을 깨닫게 된다.

그래서 부처님은 당신의 가르침에 집착하지 말고, 가르침을 절대시하거나 고정된 것으로 알지 말라고 누누이 밝히고 있다.

끊임없이 지켜보라. 과연 나는 어디에 갇혀 있는가.

내려놓음

끌어당김
吸引

직관의
소리를 들으라

　하루는 중학생 자녀를 둔 어머니가 상담 차 방문했다. 요지는 해외 유학을 보내려고 1년 넘게 성공 사례와 실패 사례들을 차근차근 살펴보았는데 도무지 결론이 나지 않는다는 것이다. 아무리 많은 사람에게 조언을 구해도 유학을 보내라는 이와 보내지 말라는 이가 반반이라는 것이다. 어디 그뿐이겠는가. 아마도 '중학생 조기 유학'에 대한 몇 백, 몇 천 페이지가 넘는 분량으로 논문을 쓴들 어떤 한 가지가 더 좋다고 딱 잘라 결론 낼 수 없을 것이다. 이처럼 우리의 생각과 분별, 지식이 가져다줄 수 있는 정보에는 한계가 있다. 우리의 생각과 지식은 이렇듯 사소한 판단조차 명확한 답을 내릴 수가 없다.

　조기 유학에 대해 그 부모님과 아이에게 줄 수 있는 딱 맞는 답은 어디에서 구할 수 있을까? 그것은 논문이나 사례, 책에서 구할 수 있는 것이 아니다. 어떤 아이는 성공할 것이고, 어떤 아이는 실패할 것이라면 내 아이가 그 두 가지 가능성 중에 어디에 속할지를 판단해야 할 터인데 그것을 외부에서 판단하려고 하는 것 자체가 문제 아닐까? 그것은 그 아이의 문제다. 가장 확실하게 판단할 수 있는 사람은 유학센터의 전문가도, 선배 유학생 부모님도, 교수님도, 선생님도 아닌 바로 자기 자신일 뿐이다. 그 아이와 부모님의 내면에서 우러나오는 오롯한 직관적 판단뿐이다. 1년 동안 지식과 생각을 총동원했는데도 답을 얻지 못한 이유다.

실제로 대기업의 CEO들은 하루에도 수십, 수백, 수천, 수억 이상의 돈이 오가는 결재를 해야 하는데 그 모든 결정을 논리적인 지식이나 생각보다는 직관과 영감에 의해 내리는 경우가 대부분이라고 한다.

그렇다면 생각과 직관은 어떤 차이를 가지는 것일까? 먼저 생각에 대해 살펴보자.

사람들이 세상을 살아가는 방식, 혹은 이 세상이 발전해나가는 방식의 가장 정점에 있는 것이 '생각'이요, '관념'이다. 사람들은 저마다 자신의 '생각'으로 자신만의 세상을 만들어내곤 한다. 머릿속에서 생각해낸 것, 혹은 머릿속에 주입해왔던 수많은 관념들이 이 세상을 만들어내는 원동력이 되고 있다.

마음먹은 대로 이루어진다는 한 가지 이치는 언제까지나 우리가 명심해야 할 명제다. 그러나 여기에 함정이 있다. 세상을 창조해내는 생각, 관념, 가치관의 본질이 어떤 것이냐의 문제다. 생각이나 관념이 본

끌어당김

질적이고 지혜로운 것이라면 아무런 문제가 없다. 그렇다면 아마 세상에는 어떤 문제도 일어나지 않을 것이다.

그러나 생각이나 관념은 본질적인 삶과는 거리가 있다. 생각하고, 고안한 것 중에서 지혜로운 진리의 향기를 맡기란 어렵다. 지혜로운 삶, 본질적인 삶은 생각과는 무관하다. 생각이나 관념이 가장 좋아하는 것은 '나'와 관련된 것들이기 쉽다. 아상, 아만(我慢), 아집들이 바로 그것이다. 생각은 끊임없이 '어떻게 하면 나에게 이익이 될까'를 궁구한다.

그렇다면 어떤 생각도 하지 말란 말인가? 말로 표현하기가 부족하긴 하지만 생각보다 더 깊이 있는 단어를 찾아본다면 직관, 영감 혹은 느낌이라는 표현을 들 수 있다. 직관과 영감은 생각보다 더 깊다. 가슴이 머리보다 더 깊다. 더 깊은 곳에서부터 솟구쳐 나온다. 그것은 때때로 내 안에 있는 신의 소리를, 부처님의 메시지를 품고 온다. 예민하게 깨어 있는 존재일수록 그 소식을 더 온전하게 들을 수 있다.

생각과 번뇌, 욕심 등이 많은 이들에게는 언제나 직관적인 영감보다는 자신의 지식과 생각이 우선이다. 그런 사람들은 언제나 가슴보다는 머리를 중시한다. 그들은 해야 할 일과 이루어야 할 일들이 많아서 조금 더 침착하고 고요하게 다가오는 직관의 소식을 듣기보다는 좀 더 빠르고 쉽게 써먹을 수 있는 머리와 생각을 선호한다.

생각이 만들어내는 일들은, 그것이 아무리 정교하고 객관적인 데이터와 연구 끝에 만들어진 것일지라도 한계를 가질 수밖에 없다. 우리의 생각은 전체적이지도, 우주적이지도 않기 때문에 진리를 대변하지 못한다.

생각은 한 가지 문제가 생기면 그것에 한정하여 생각을 짜낸다. 그러나 본질적인 시선으로 본다면 그 문제는 한 사람만이 가지는, 한순간에만 한정된 일이 아니라 우주적이고도 연기적인 사건으로서 발생한다. 그래서 결코 단편적인 문제가 아니다. 아무리 사소한 문제일지라도 우주적인 일이다. 전 우주 법계의 연기적인 그물코가 정교하게 씨줄 날줄처럼 이어진 상의상관적(相依相關的) 사건이다. 생각과 머리가 어찌 그것을 알 수 있단 말인가. 전 우주적인 광대무변한 소식을 어찌 머리가 생각으로 짜 맞출 수 있단 말인가.

일을 추진할 때나 어떤 결정을 내릴 때도 마찬가지다. 지혜롭고 본질적인 일들은 언제나 흐름을 타고 자연스럽게 온다. 억지스럽거나, 욕망 중심적이거나, 성취 지향적이지 않다. 어떤 일을 해야 할지 말아야 할지 고민이 된다면 온갖 지식과 정보를 총동원하여 결론을 도출해내려고 애쓰지 말라. 차라리 생각과 논리를 잠시 옆으로 비켜놓은 채 마음을 관함으로써 텅 빈 가운데 충만하게 피어나는 영감과 직관의 소식에 귀를 기울여보라.

물론 직관이 어떻게 오는지, 직관이 맞는지는 조금 어려운 문제다. 생각과 판단은 무수한 논리와 지식, 정보를 통해서 조합되고 만들어지는 것이지만 직관과 영감은 오히려 무수한 생각을 내려놓고 마음을 고

끌어당김

요히 비운 가운데 홀연히 떠오르는 창의적 예지에 가깝다. 그래서 많이 생각하고 내린 답변보다는 오히려 생각 없이 갑자기 묻고 답한 것이 직관에 더 가까울 수 있는 것이다. 말 그대로 '생각 없이' 지나가는 듯 내뱉은 말들 속에서 오히려 직관적인 영감을 찾아낼 수 있다.

때로는 내가 내뱉은 말이 아니라 누군가가 내게 스치듯 지나가며 생각 없이 한 말이 중요한 영감의 힌트가 되기도 한다. 이처럼 영감은 나에게서 나오기도 하지만 내 주변에서 동시에 일어나기도 한다.

예를 들어, 궁금한 점에 대한 답을 찾고 있었는데 모처럼 켠 TV에서 마침 그와 관련된 프로그램을 한다거나 우연히 펼친 신문기사 속에서 해답을 찾게 되기도 하는 것이다. 또 우리가 새로운 것을 공부하면 평소에는 전혀 눈에 띄지 않았던 관련 내용들을 TV와 책 등을 통해 동시에 접하는 경우가 있다. 정신분석학자 칼 구스타프 융은 이것을 동시성(同時性)이라고 설명한다.

하루는 칼 융이 치료과정 중 환자로부터 풍뎅이 꿈을 꾼 얘기를 듣고 있을 때 창문 밖에 풍뎅이가 날아왔다. 이러한 '의미 있는 우연의 일치'를 동시성이라고 하는데 이는 사실 더 깊은 차원의 감추어진 질서에서 보면 우연이 아니다.

물리학자 데이비드 피트는 이러한 융의 동시성이 '감추어진 질서'를 뒷받침하는 증거라고 본다. 겉에 드러난 눈에 보이는 세계만이 전부가 아니고 그 이면에 감추어진 질서가 있으며 감추어진 세계에서는 모든

날마다 해피엔딩

것이 서로 연결되어 있다는 것이다.

바로 '감추어진 질서'라는 차원에서 나와 남을 통해 영감과 직관이 나오는 것이다. 이처럼 동시성을 통해 나와 상대방에게서 영감과 직관을 피어나게 하려면 어떻게 해야 할까?

그러기 위해서는 위대성과 신비가 나올 수 있도록 마음에 빈 공간을 마련해두어야 한다. 매 순간 우리는 생각과 정보, 지식의 홍수 속에 파묻혀 지내기를 거부해야 한다. 너무 많이 생각하는 습관을 내려놓고 내면의 뜰을 '제로'라는 공의 상태로 깨끗이 비질해둘 필요가 있다. 텅 빈 가운데 충만한 직관적 지혜가 섬광처럼 번뜩일 것이다.

직관의 소리 없는 소리를 듣고 따르기 위해서는 마음을 비우고 열린 가슴으로 귀 기울여야 한다. 욕망과 증오, 집착, 번뇌, 망상 등 에고에서 흘러나오는 번잡스런 생각의 흐름을 멈추고 가만히 내면을 지켜볼 수 있어야 한다. 그래야만 꽃이 피는 소리처럼, 나뭇잎이 속삭이는 소리처럼 들리는 듯 마는 듯 연꽃 향기 같은 소식이 들려올 것이다.

이제부터는 인생에서 어떤 문제가 생길 때 인터넷을 검색해가며 온갖 정보를 모으거나 영적인 스승을 찾아가 상담 받는 등 끊임없이 외부에서 답을 찾으려는 습관적 패턴에서 벗어나보라. 마음을 비우고 질문을 던져보라. 세속적인 질문에서부터 진리에 이르기까지 우주는 모든 해답을 항상 준비해두고 있다. 물론 그 답은 다양한 방식으로 온다. 스님의 설법, 책이나 신문, 아이들의 말 한마디, TV 등 외부에서 동시성

끌어당김

으로 올 수도 있고 아니면 문득 내면의 직관을 통해서도 올 수 있다. 그 모든 가능성을 열어두고 마음을 닫지 않는다면 맑은 정신 안으로 진리가 스며들 것이다.

생각에 휘둘려 이리저리 오락가락하지 말고 자연스럽게 내면 깊은 곳에서 들려오는 직관의 소리를 들으라. 에둘러 가던 버릇을 돌이켜 내면으로, 법계로 직접 노크해보라. 이미 내 안에 충만하게 갖추어져 있던 답이 단박에 뛰쳐나올 것이다.

100퍼센트
완전연소하는 삶

사람이 세상을 살아가며 매 순간 아무런 집착 없이 바람처럼 홀연하게 오고 가는 자유로운 삶을 살 수 있을까? 그 어디에도 집착하지 않고, 머물러 안주하지 않으며, 무엇인가를 성취하더라도 얽매이지 않은 채 살아갈 수 있을까? 집착도 머무는 바도 없으며, 걸림도 함도 없는 행이야말로 모든 성인의 삶의 방식이다. 흔적도 집착도 없는 행이 바로 무위(無爲)다.

모든 일을 행함에 있어 얼마나 무위로써 할 수 있는가, 얼마나 무위로써 행해왔는가 하는 점이 바로 그 사람의 영적인 수준을 가늠해볼 수 있는 하나의 잣대와도 같다.

그러나 무위로써 행한다는 것은 얼마나 힘든 일인가. 사람들은 보통 무위를 아무것도 하지 말라는 뜻으로 알아서 허무주의가 아니냐고 반문하기도 한다.

　그러나 무위의 행은 아무것도 하지 말라는 말이 아니라 하되 함이 없이 하라는 의미다. 행을 하되 그 행에 대한 어떤 집착, 흔적이나 그림자도 남기지 않아야 한다는 말이다. 예를 들어 남을 도와주고도 도와주었다고 자랑하지 말고, 보시와 사랑을 실천하고도 스스로 보시를 실천했다는 상에 얽매여 있어서는 안 된다는 말이다.

　진정 위대한 성인은 스스로를 성인이라고 드러내지 않으며 성숙한 사람이라면 자신의 성취에 도취되거나 드러내고 자랑삼아 말하지 않는다. 사람, 성공, 돈, 명예, 권력, 지위, 사랑 등 어떤 것에도 과도하게 머물러 집착하지 않는다.

　좋은 쪽이든 나쁜 쪽이든 과도하게 집착하지 않는다. 무위의 삶을 사는 이에게는 '반드시' 해야 할, '안 하면 안 되는' 것도 없고, 또 반대로 '절대로' 해서는 안 될 것도 없다. 극단적인 집착이 없는 균형 잡힌 중도(中道)적인 삶, 그것이 바로 무위의 삶이다.

　《금강경》에서는 이러한 무위의 실천적 삶을 '응무소주 이생기심(應無所住 而生其心)'이라는 아름다운 말로 표현하고 있다. 마땅히 머무는 바 없이 그 마음을 내라, 응당히 집착하는 바 없이 마음을 일으키라는 의미다. 어떤 사람은 불교를 '집착을 버리는 공부'라고 생각하지만 사실 불교는 '집착 없이 마음을 일으키는 공부'다. 무게중심이 집착을 없애는 것이라기보다는 그것의 꾸밈을 받는 '마음을 일으키는' 쪽에 있다. 집착을 버리기 위해 아무 일도 하지 않고 삶의 에너지를 잃는 것이 아

날마다 해피엔딩

니라 집착을 버렸기 때문에 오히려 아무런 걸림 없이 자유롭고도 담대하게 행할 수 있는 것이다.

집착 없는 무위행을 《바가바드기타(Bhagavadgita)》에서는 다음과 같이 말하고 있다.

"집착을 떠나 언제나 마땅히 행하여야 할 것을 하라. 집착 없이 행하는 자가 가장 높은 데 이르기 때문이다."

이처럼 집착하지 않는다고 해서 아무 일도 안 한다는 것은 아니다. 미래의 결과에 집착하지 않고 행하기 때문에 언제나 '지금 여기'라는 현재의 순간에 완전히 에너지를 쏟아부을 수 있다. 또한 어떤 성취와 성공을 가져왔다고 하더라도 집착하거나 도취되지 않는다. 매 순간 온전히 깨어 있는 정신으로 해야 할 바를 할 뿐이다. 매 순간 그 일에 완전히 자신을 연소한다. 언제나 100퍼센트의 삶을 산다.

이렇듯 무위는 매 순간 100퍼센트 에너지를 쏟아붓는 완전연소의 삶이다. 완전히 에너지를 쏟아 그 일을 행하지만 아이러니하게도 전혀 에너지의 소진이 없다. 매 순간 100퍼센트를 쏟아부으면 언제나 100퍼센트가 남는다. 그것이 우주의 풍요로움이요, 인간 존재의 근원적 부유함이다.

그렇기 때문에 우리는 행해야 한다. 아무것도 하지 않고 삶을 낭비하는 것이 아니라 적극적으로 내게 주어진 삶의 몫을 해내야 한다.

《바가바드기타》를 조금 더 살펴보자.

날마다 해피엔딩

"너는 네 명함을 받은 일을 행하라. 행함은 행하지 않음보다 낫다. 행함 없이는 네 육신의 부지조차 얻을 수 없을 것이다. (중략) 내게는 이 삼계 속에서 꼭 하지 않으면 안 되는 일이 하나도 없고, 또 얻지 못해서 반드시 얻어야만 하는 그 어떤 것도 없다. 그렇더라도 나는 언제나 일을 하고 있다. (중략) 내가 만일 일하기를 그친다면 세계는 망해버릴 것이다. 나는 혼란을 일으킨 자가 될 것이고, 인류는 멸망하고 말 것이다. 지혜 없는 자는 일을 하면서도 거기에 집착하지만, 지혜 있는 자는 마땅히 집착함이 없이 우주의 질서를 바로 세우기 위해 그와 같이 일해야 한다."

무위의 실천은 이와 같이 삶 속에서 저질러 실천하는 역동적인 에너지이다. 다이내믹하면서도 고요히 머물러 있고, 강력한 힘을 가지면서도 전혀 에너지의 소진이 없는 삶을 실천하는 것이 바로 무위행이다. 이처럼 지혜로운 이는 생기발랄하며 박진감 넘치게 모든 일을 해나간다. 넘치는 에너지로 바쁘게 살아가면서 무수한 일들을 척척 해낼지도 모른다. 그야말로 삶을 100퍼센트 완전히 연소하며 산다.

매 순간에 주어진 삶을 완전히 연소하며 살기 때문에 어떤 에너지 낭비도 없다. 오히려 완전연소의 삶에는 힘과 에너지, 자비, 지혜까지 모든 덕목이 함께 살아 숨 쉰다. 삶의 에너지는 더욱더 활활발발하게 움직인다.

그러나 한 치도 집착함이 없기 때문에 겉보기에는 바쁘지만 그의 내

끌어당김

면은 언제나 심연처럼 고요하고 한 치의 흔들림도 없다. 바쁜 가운데 조용히 쉬고 일하는 가운데 휴식한다. 그에게 일과 휴식은 전혀 둘이 아닌 것이다.

무위, 말 그대로 함이 없이 하다 보니 힘이 들지 않는 것이다. 잘했다고 즐거워할 것도 없고 못했다고 괴로워할 것도 없으며 상대방이 나를 어떻게 평가하는지, 좋아하는지 싫어하는지 또한 관심 밖이다. 그렇게 생각할 것, 평가할 것, 고민할 것 다 하며 결과에 목숨 거는 삶은 무위가 아니다. 무위는 말 그대로 그 모든 것을 다 내려놓고 매 순간 주어진 '지금 여기'의 삶만을 사는 것이다. 생각과 분별, 근심과 걱정을 다 놓아버리고 지금 이 순간을 사는 것만이 목적이다. 그렇기에 언제나 가볍다. 삶에 무게감이 없다. 그러나 가볍게 소요하면서도 깊은 내면에는 무게감과 진중함이 묻어난다.

완전연소의 삶은 그리 어려운 것이 아니다. 아니 너무 쉬워서 오히려 어려워하는 것이다. 우리는 쉽게 사는 데 익숙하지 못하다. 언제나 일을 확대시키고 온갖 생각을 굴려 평범한 것도 크게 부풀리곤 한다. 그러나 무위는 부풀리는 것이 아니라 눈앞에 있는 것을 있는 그대로 보는 것이다. 때문에 쉽고 가벼우면서도 단순 명료하다. 공연히 마음으로 일을 만들어내지 않아도 되니 얼마나 쉽겠는가.

본래 단순하고도 고요한 삶을 있는 그대로 사는 것이 바로 무위요, 완전연소의 삶인 것이다. 공연히 복잡하게 살아왔던 삶의 방식을 본래

날마다 해피엔딩

방식대로 되돌리는 것이다. 그 구체적 방법이 바로 집착 없이 행하는 것이다. 온갖 생각과 판단, 분별을 놓아버리고 단순하게 저지르는 것이고, 미래의 결과를 기대하는 대신 다만 현재의 삶을 살아가는 것이다.

어떠한가. 복잡하게 돌아갈 것인가, 단순하게 곧장 나아갈 것인가. 쉽게 살 것인가, 공연히 어려운 삶을 만들어 살 것인가. 집착을 부여안고 갈 것인가, 내려놓고 가볍게 갈 것인가. 부풀리며 살 것인가, 그저 있는 그대로 보이는 대로만 보며 살 것인가. 답은 이미 나왔다. 그대 내면이 진정 원하는 완전연소의 삶으로 곧장 뛰어들라.

끌어당김

자기답게
사는 법

사람들은 저마다 즐거워하는 일이 다르다. 삶의 주 관심사가 모두 제각각이다. 저마다 '자기다운' 어떤 일에 끌린다. 그리고 그 일을 할 때 가장 행복감을 느낀다. 그 이유는 무엇일까. 가장 '자기다운' 일을 하는 것이야말로 자신이 이 세상에 나온 목적이기 때문이다. '자기답게 자기다운 일'을 행하는 것이야말로 진리를 내 방식대로 꽃피울 수 있는 방법이다.

남들이 모두 저 길을 간다고 너도나도 그 길을 따라갈 필요는 없다. 돈도 벌기 쉽고, 쉽게 살 수 있는 방법이라고 모든 사람들이 갈 필요는 없는 것이다. 그러나 불행하게도 현대사회의 큰 폐단은 모든 사람을 획일화시키면서 똑같은 길을 걷도록 강요한다는 점이다. 이를테면 돈 버는 길, 유명세를 타는 일 등의 외길을 모두에게 강요하고 있다. 그리고 그 길을 가고자 한다면 모두가 똑같은 길을 걸어야만 한다. 모두가 똑

날마다 해피엔딩

같은 과목을 공부하고 입시와 취직 준비에 목숨을 걸어야 한다.

사회에서 정해놓은 '성공의 길'을 얼마만큼 규격에 맞춰 잘 따라갈 수 있는가 하는 점이 요즘 사회에서 성공할 수 있는 유일한 길이 되어버렸다.

그렇다면 나다운 일이란 어떤 일인가. 내가 그 일을 했을 때 가장 행복한 일이다. 가장 끌리는 일, 내 능력을 잘 드러낼 수 있는 일, 내 마음 깊은 곳에서 진정으로 원하는 일이다. 모든 사람에게 '나다운 일'은 다를 수밖에 없다. 집 짓는 일, 연구하는 일, 음악을 작곡하는 일, 그림 그리는 일, 사진 찍는 일, 글 쓰는 일, 농사짓는 일, 나무를 조각하는 일 등 자신이 '그 일을 하면 행복한' 일이 있기 마련이다.

이렇게 '자기다운 일'에 집중해 있을 때는 '자기'를 잃는다. '나'라는 모든 상에서 벗어난 채 오직 깊은 집중 상태에 있다. 바로 그런 상태야말로 내가 나답게 깨어 있을 수 있는 일삼매의 순간이며 내가 나로서 피어나는 진리를 마음껏 드러내는 순간이다. 그때 내 안에 진리가 깃든다. 삶의 목적을 온전히 달성해내는 순간이 된다.

또한 '내가 나다운 일'을 행할 때 우주 법계는 최선을 대해 도움을 준다. 그것이 바로 '진리의 일'이기 때문이다. 그렇듯 진리의 일은 저마다 '자기 자신의 일'을 온전히 행할 때 이루어진다. 그래서 '자기답게 사는 것'이 중요한 것이다. 그것이 곧 수행의 길이요, 자기를 깨닫는 길이며, 우주 법계에 큰 도움을 주는 길이기도 한 것이다. 그러니 이 세

끌어당김

상에서 억지로 떠맡은 일을 하지 말고 '나다운 일'을 하라.

물론 쉽지 않을 것이다. 그러려면 지금까지 내가 하던 일을 그만두어야 할지 모르고, 월급도 지위도 다 포기해야 할지 모른다. 그러나 돈을 벌어야 하니까, 생계를 유지해야 하니까, 살아가야 하니까 억지로 행하고 있는 일이라면 생기도 없고 나를 성장시키고 꿈틀거리게 하는 것도 없다. 그러나 지금이라도 내 안에서 정말 하고 싶은 일, '나다움을 드러낼 수 있는 일'을 행하려고 마음먹고 시작한다면 우주 법계의 힘을 받을 수 있을 것이다.

'내가 과연 할 수 있을까' 하고 망설이며, '아무래도 내게는 어려운 일이야' 하고 의심한다면 나약한 믿음만큼만 우주 법계가 도와줄 것이지만, '분명 할 수 있다'는 온전한 믿음을 가진다면 완전한 그 믿음만큼 우주 법계가 도움을 줄 것이다.

우주 법계는 우리의 마음에 따라 에너지를 이동시킬 뿐이다. '자기다운 일'의 위대함을 굳게 믿고 행하는 이에게는 믿는 만큼 법계의 에너지를 가져다주지만, 믿지 못하고 의심하는 자에게는 딱 그만큼만 법계의 힘을 보내줄 뿐이다. 그래서 그릇을 키워야 한다는 것이다. 자신의 그릇이 크다면 우주 법계에서 내리는 한없는 법의 비를 무한히 담을 수 있지만 그릇이 작다면 법의 비가 아무리 많이 온들 그 크기만큼만 담고 나머지는 흘러넘칠 뿐이다.

나 또한 글을 쓰다 보면 때때로 느끼게 되는 것이 있다. '언제까지 어

날마다 해피엔딩

끌어당김

떤 주제의 글을 어디로 제출해야 한다'는 생각이 있으면, 그것도 잘써야 한다는 당부가 심할 때면, 그것은 '글 쓰는 일'이 되고 만다. 그렇게 '글 쓰는 일'을 하다 보면 자꾸만 인위적인 노력이 개입되는 것을 느낀다. 쓰다가 자꾸만 지우게 되고, 생각이 잘 나지도 않으며, 쓰는 자체가 부담스럽고 힘겨운 일이 된다. 그러나 어느 날 숲길을 걷거나 새벽별을 보다가 어떤 상황이나 경계를 만나 문득 깨달아지는 것이 있을 때 자연스럽게 글을 쓰면 아무리 긴 글이라도 시간 가는 줄 모르고 쓰게 된다. 영감이 번뜩 떠오를 때는 저절로 글이 써진다. 그것이 참된 무위의 글쓰기가 아닐까. 예전 같으면 매일 한 편씩 글을 써야지 하고 정해놓으니 글쓰기가 어떤 '글 쓰는 일'이 되었지만 이제는 억지스런 글쓰기를 하지 않는다. 저절로 써질 때는 글쓰기에 내 몸을 맡긴다. 그러면 나는 사라진 채 법계에 도움을 주기 위해 필요한 글을 쓰게 되는 것을 느낀다. 그때 나는 없다. 내가 글을 쓴다는 생각이 없다. 나는 단지 중간자 역할을 할 뿐이다. 법계가 필요한 일을 나라는 몸뚱이를 빌려 법계에서 행하고 있을 뿐이다.

이것이 바로 '가장 나다운 나'의 모습이 아닐까. 글을 쓸 때 나는 스스로 살아있음을 느낀다. 나답다는 것은 다시 말하면 내가 없다는 것을 말한다. 나를 잊고 글쓰기 그 자체에 몰입하게 된다는 것이다. 이렇듯 내가 나다운 것을 행하고 있을 때 나는 가장 행복하고 편하다. 더 나아가 행복하고 편하다는 그 생각 자체도 없다. 시간 가는 줄 모르고 집중을 한다. 그 순간 어떤 노력도 필요치 않다. 내가 나일 때는 모든 것이 저절로 자연스럽게 흘러간다. 나는 다만 그 흐름에 몸을 맡기면 그만이다. 이처럼 모든 사람에게는 저마다 자기다운 어떤 모습이 있다. 때문에 그 모습으로 이 세상에 온 것이고, 그것이 바로 이 세상에서 자신이 수행해야 할 삶의 몫이자 목적이다.

과연 나는 자기다운 일을 하고 있는가. 그 일을 할 때 나는 평화로운가. 나를 잊는가. 행여 억지로 하고 있지는 않은가. 그 일을 어쩔 수 없이 행하면서 마음속으로는 다른 일을 꿈꾸고 있지는 않은가. 다른 것을 꿈꾸지만 내가 과연 그 일을 할 수 있을까 하는 두려움 때문에 포기하고 있지는 않은가.

"두두물물(頭頭物物) 산하대지가 그대로 법신(法身)이요, 일체 모든 존재가 그대로 부처"라고 하지 않았는가. 부처님은 우리에게 부처님처럼 살기를 바란다거나 어떤 높은 수행력을 가진 스님처럼 살기를 바라는 것이 아니라 바로 법계에서 보내준 자신의 모습 그대로를 현실에서 고스란히 꽃피우기를 간절히 바라고 있다. 부처님의 유일한 바람은 독자적이고 창의적으로 살아감으로써 진리를 자기 자신의 방식으로 드러내는 것이다.

그동안 많은 사람들은 자기 자신을 너무 얕잡아 보았다. '어찌 내가 부처란 말인가', '어떻게 내가 완전한 존재란 말인가', '나는 어리석고 무지한 중생일 뿐이다', '나는 그저 신의 피조물에 불과할 뿐이다.' 그러나 그렇게 생각하는 시간이 늘어갈수록, 그렇게 생각하는 견해가 굳어질수록 우리는 점점 더 어리석은 중생이 되어갈 수밖에 없다.

'나'로서 드러난 지금 이 모습 그대로 우린 이미 부처요, 법신이다. 자신이야말로 바로 완전한 부처라는 것을 믿는다면, 내가 가장 나다운 것을 행할 때 우주 법계가 완전한 도움을 준다는 것을 믿는다면, 바로 지금 '나다운 일'을 저질러보라.

〈아바타〉와
《시크릿》

돈으로 보시를 하면 내 돈이 나간다. 그런데 신기하게도 아무리 많은 돈을 보시해도 언젠가 그 돈은 분명히 다시 들어오게 마련이다. 누군가를 따뜻한 말로 칭찬하고, 찬탄해보라. 무엇이 돌아오겠는가. 칭찬과 찬탄이 돌아온다. 칭찬하는데 욕이 돌아올 일은 없지 않은가.

우리가 살고 있는 우주의 법칙도 이와 같다. 내가 세상에 무엇을 내보내느냐에 따라 나에게 무엇이 다시 들어올지가 결정되는 것이다. 이 세상은 언제나 영적인 균형을 맞추는 대 평등의 일들만이 일어난다. 그것이 우주의 운행 법칙이다.

나에게서 나간 것은 균형을 맞추기 위해 언제나 내게로 다시 돌아온다. 내가 상대방을 괴롭히면 상대방과 나와의 에너지는 불평등하게 되고 우주는 균형을 맞추기 위해 상대방이 나를 괴롭힐 일을 만들어내는 것이다. 상대방에게 욕을 하면 욕을 얻어먹을 일이 생길 수밖에 없는 것이 우주의 조화로운 작용이다. 반대로 사랑하고 칭찬하면 사랑받고 칭찬받을 일들이 생겨난다. 감사함을 느낄 때 더 많은 감사할 일이 찾아오고, 불만을 느낄 때 더 많은 불만스러운 일이 찾아오게 된다. 화를 내보내면 화낼 일이 들어오며, 만족하면 만족할 일들이 생기고, 무시하면 무시당할 일이 들어오는 것이다.

예를 들어 직장 상사가 직원을 욕하고 괴롭혔다. 그러면 우주적인 에너지는 불균형이 된다. 상사는 화를 풀었지만 직원은 괴롭힘을 당했다. 상사는 '+' 에너지가 되었지만 직원은 '-' 에너지가 되었다. 둘 사이에 균형을 맞추려면 어떻게 해야 하겠는가? 직원이 어떻게든 다시 상사를 욕하고 괴롭힐 일이 생길 수밖에 없다.

불교적으로 표현하자면 두 사람이 설사 이번 생에서 다시 못 만난다고 하더라도 그 에너지의 불균형은 남기 때문에 다음 생에 다시 만날 수밖에 없다. 에너지의 균형을 맞춰야 하기 때문이다. 불교적인 표현으로는 인연(因緣)이고 업보(業報)인 것이다. '저 사람과는 악연인가 봐'라고 할 때가 바로 이런 것을 두고 하는 말이다. 그래서 다음 생에는 반대로 직원이 직장 상사로 태어나고 상사가 부하 직원으로 태어나게 된다. 상사는 에너지의 불균형을 균형 있게 맞춰야 하기 때문에 우주적인 작용으로서 이상하게 그 부하 직원만 보면 마음에 들지 않는다. 상사가 부하 직원을 괴롭히게 되는 상황이 만들어지는 것이다.

바로 이 만남과 상황을 주선하는 것이 바로 우주 법계이고, 불교에서는 불성, 기독교에서는 신성이라고 부르며, 인디언들은 어머니 대지라고도 부르는 것이다. 무엇이라고 부르든 상관없다. 중요한 것은 우주는 항상 대 평등의 균형을 맞추는 작용을 하고 있다는 사실이다.

영화 〈아바타〉에서 주인공 제이크 설리가 에이와에게 전쟁에서 이길 수 있도록 도와달라고 기도했을 때 여주인공 네이티리는 다음과 같이 말한다.

"에이와는 누구의 편도 들지 않아. 오직 삶의 균형을 맞출 뿐이지."

우주 법계는 누구의 편도 들지 않는다. 오직 삶의 균형을 맞출 뿐이다. 진리는 너와 나의 구분이 없고, 안팎의 차별이 없다. 다만 균형을 맞출 뿐이다. 에너지의 불균형을 없애는 일을 하는 것이다.

누군가의 돈을 훔쳤다면 에너지는 불균형이 된다. 그때 우주 법계는 삶의 균형을 맞추기 위해 훔친 자에게서는 앗아가고, 빼앗긴 자에게는 되돌려주는 작용을 만들어낸다. 욕을 했으면 욕을 받도록 균형을 맞추고, 사랑하면 사랑을 받도록 균형을 맞추는 것이다.

나를 중심으로 나가는 것과 들어오는 것 사이에 이처럼 정확한 균형이 맞을 수밖에 없다. 그것이 바로 우주 법계와 진리가 하는 일이다. 인간이 자연을 파괴하고 오염시키면 자연은 균형을 맞추려고 기상이변 등을 일으켜 본래 자연의 상태로 되돌아가려고 한다. 사람도 몸을 함부로 다루어 탁한 에너지가 몸 안에 쌓이면 감기 몸살 같은 형태를 통해 내보냄으로써 우리 몸의 자정작용, 균형 작용을 돕는다.

끌어당김

날마다 해피엔딩

한때 유행처럼 번졌던 《시크릿》에서는 이러한 진실을 '끌어당김의 법칙'이라고 표현하고 있다. 무엇이든 내가 내보내는 것이 끌어당겨지는 것이다. 생각하는 대로 이루어진다는 말이나 마음은 그림을 잘 그리는 능숙한 화가와도 같아서 마음먹은 대로 세상에 무엇이든 그려낼 수 있다는 말이 모두 이러한 법칙을 설명하고 있는 것이다.

이와 같이 동서고금을 막론하고 이 법칙, 즉 내보내는 것이 곧 들어오는 것이라는 것은 언제나 증명되고 있다. 우주는 이처럼 다만 우리가 내보내는 것을 들어오게 할 뿐 그것이 좋은지 나쁜지, 옳은지 그른지에 대해서는 판단하지 않는다.

우주의 본질에는 본래 좋고 나쁘거나 옳고 그른 것이 없기 때문이다. 사람의 생각과 판단, 분별에서 옳고 그름이 생겨나는 것이지 우주 법계에는 차별이 본래부터 없었다. 다만 내보내는 것을 분별없이 들여보낼 뿐이다.

그럼에도 불구하고 사람들은 더 많은 것을 세상으로 내보낼 생각보다는 더 많이 얻기를 바라며 가지려고만 한다. 내보내야만 들어온다는 우주의 평등한 이치를 모른 채 내보내는 것보다 들어오는 것에만 관심을 가진다.

어떻게 하면 더 많이 나누고, 베풀고, 보시하고, 내보낼 수 있을까를 고민하는 사람보다는 어떻게 하면 더 많이 벌고, 얻고, 빼앗고, 성취하고, 쌓을 수 있을까를 고민하는 사람이 더 많지 않은가.

우리가 이 우주를 향해 할 수 있는 유일한 일은 오직 내보내는 것에 있다. 진실은, 내보내는 것이 곧 들어오는 것이란 사실이다. 나에게서 나가는 것이 곧 나에게로 들어올 것이다. 무엇을 내보낼 것인가는 곧 무엇을 받을 것인가와 같은 말이다. 무엇을 나누고 베풀 것인가가 곧 무엇을 받을 것인가를 결정짓는다.

가만히 생각해보라. 우리가 직접 통제할 수 있는 것은 무엇인가. 들어오는 것을 직접 통제할 수 있는가, 내보내는 것을 통제할 수 있는가? 우리의 자유의지로 직접 통제할 수 있는 것은 오직 내보내는 것뿐이다. 내보내는 것은 우리의 의지이지만 들어오는 것은 전적으로 우주 법계의 의지일 뿐이다.

즉, 우리가 의지로 할 수 있는 일은 들어오는 것이 아닌 내보내는 일이다. 더 많이 얻고, 벌고, 가져야겠다는 생각은 엄밀히 말하면 우리가 통제할 수 있는 영역이 아니다. 우리의 영역을 벗어나 있다. 우리는 오직 어떻게 하면 더 많이 내보낼까, 나눌까, 베풀까, 보시할까, 회향할까를 고민하고 실천할 수 있을 뿐이다.

들어오는 것에는 아예 관심을 갖지 말라. 들어오는 것은 내가 통제할 수 있는 것이 아니다. 그것은 우주 법계의 소관일 뿐, 우리가 할 수 있는 일은 오직 내보내는 것이다. 그러나 걱정하지 말라. 내보내는 것이 곧 들어오는 것이니까.

불교의 업(業) 사상도 바로 이 점을 말하고 있다. 신구의(身口意) 삼업

(三業)으로 몸과 말, 생각으로 무엇을 이 세상에 내보냈느냐에 따라 과보를 받게 되는 것이다. 어떤 업을 지었느냐에 따라 어떤 과보를 받을지가 결정된다. 업에 따라 보(報)를 받는 것이다. 여기서 어떤 업을 지었느냐는 곧 어떤 것을 내보냈느냐를 말하는 것이다.

업보의 법칙이라고 말해지는 이 법칙은 육근(六根)과 육경(六境) 사이의 법칙이라고 잘 알려져 있다. 육근이 바로 나 자신이고 육경이 외부의 대상을 말하는 것이니 나와 세상 사이의 법칙을 말하는 것이다. 육근, 즉 내가 무엇을 육경으로 내보냈느냐에 따라 육경은 보를 보내주는 것이다. 그래서 육근은 업을 짓고 육경은 보를 받는다.

우리가 업을 지으면 그에 따른 보를 받는다는 이 업보의 이치가 바로 내보내는 것을 필연적으로 들어오게 한다는 법칙과 다르지 않은 것이다.

업보의 법칙이 바로 삶의 균형을 맞추는 우주의 이치인 것이다. 우주는 언제나 균형을 맞추는 것이지 업보라는 사상을 만들어내려고 애쓰는 것이 아니다. 누군가에게 악행을 함으로써 악업을 지으면 둘 사이의 에너지는 불균형을 이루게 되고 그때 우주는 균형과 조화를 위해 과보를 만들어낸다. 업보니, 인과니 하는 것이 바로 우주 법계의 대 평등성, 균형과 조화를 의미하는 것이다.

여기에서 육근, 즉 우리는 오직 업을 지을 뿐이지 어떤 '보'를 받을지까지 결정할 수는 없다. 여기에서 '보'라는 것은 '다르게 익어간다'

끌어당김

는 의미다. 육근이 어떤 업을 짓느냐에 따라 우주 법계에서는 어떤 과보를 받을지를 천편일률적으로, 기계적으로 정하는 것이 아니라 더 깊은 차원의 온갖 정보, 업력, 인연 등을 총괄적으로 따져 '보'를 최종적으로 보내주는 것이다.

우주 법계는 시공을 초월한 총체적인 관점에서 판단한 뒤 무엇이 우리에게 가장 도움이 되는지를 결정하는 것이다. 어떻게 언제 받아야 그나마도 그 사람에게 영적인 도움이 될 수 있는지를 결정하는 것이다. 즉, 우주 법계는 '보'를 받을 때 항상 자비와 사랑을 바탕에 두고 결정을 내려준다.

다만 우리가 우주 법계와 조화를 이루고 번뇌와 업장, 아상, 집착이 적으면 내보내는 것과 받는 것 사이에는 시간이 들지 않을 것이다. 내보냄과 동시에 받을 것을 받게 될 것이다.

사실 법계의 측면에서 보자면 내보내는 것과 받는 것은 동시에 일어난다. 다만 우리가 스스로 시간이 걸린다고 믿기 때문에 시간이 걸리는 것일 뿐이다. 이렇듯 우주 법계는 언제나 우리를 위한, 우리를 돕기 위한 자비와 사랑의 관점에서 순리(順理)적으로 행하는 바 없이 무위(無爲)로써 일을 행한다.

사실 〈아바타〉에서 말한 '삶의 균형을 맞추는 것'과 《시크릿》의 '끌어당김의 법칙' 그리고 불교의 업보, 인과응보의 법칙은 모두 같은 진리를 다르게 표현한 말에 지나지 않는다. 〈아바타〉에서 말한 삶의 균형

날마다 해피엔딩

을 맞추는 작용, 업인과보의 법칙 등은 전체적인 진리를 표현한 말이고, 《시크릿》의 끌어당김의 법칙은 내보내는 것보다는 '받는 것'에 중점을 둔 표현이며, 불교의 업 사상은 받는 것보다는 '내보내는 것'에 중점을 둔 실천적인 표현인 것이다. 우리가 《시크릿》에 열광하는 이유도 바로 이런 점이 아닐까? 사람들은 나에게서 나가는 것보다 나에게로 들어오는 것에 더 관심이 많다. 내가 짓는 업(業)보다는 받을 보(報)에 관심이 많은 것이다. 그래서 《시크릿》에서는 돈, 인간관계, 건강 등 우리가 원하는 것은 무엇이든 끌어당길 수 있다는 점에 주안점을 두고 설명하고 있다. 그러나 정말 중요한 점은 내 바깥에서 무엇이 들어올 것이냐가 아니라 내가 무엇을 내보낼 것인가에 있다.

'나는 매 순간 무엇을 이 세상으로 내보내고 있는가'를 주의 깊게 살피라. 내보내는 것이 곧 들어오기로 예정된 것이니 들어올 것에는 신경 쓰지 말고 오직 내보내는 것에만 마음을 모으라.

삶을 창조하는
세 가지 마음

《화엄경》과 《시크릿》에서는 일체유심조라 했고, 《법구경》에서는 "모든 일의 근본은 마음이다. 마음이 주인 되어 세상을 만든다"고 했다. 어디 그뿐인가. 온갖 자기계발서마다 세상 모든 것을 끌어당겨 원하는 것을 얻을 수 있는 힘이 자기 안에 있음을 누누이 강조하고 있다.

그러나 우리는 여전히 의심스럽다. 마음먹은 대로 모든 것을 이룰 수 있다는 것을 믿을 수 없다. 예를 들어 누군들 부자가 되고 싶지 않은 사람이 있는가. 그러나 누구나 부자가 되는 것은 아니다. 그렇다면 어떻게 일체유심조를 믿으란 말인가?

자, 여기 부처님 가르침 속에 답이 있다. 마음이 모든 것을 만든다. 그런데 여기에서 중요한 것은 모든 것을 짓는 '마음'이 도대체 무엇이냐는 것이다. 우리는 그동안 마음이 일체를 만들어낸다고 하면서도 구체적으로 어떻게 만들어내는지, 마음의 어떤 부분이 일체를 만들어내

날마다 해피엔딩

는지를 모르고 있었던 것이다. 그 마음이 무엇인지만 알면 마음먹은 대로 삶을 만들어낼 수 있을 것이다.

근본불교의 가르침에 보면 '나'라는 존재는 오온(五蘊)으로 이루어져 있다고 한다. '온(蘊)'이란 '모임'의 뜻으로 일체는 다섯 가지가 모여서 이루어진다는 뜻이다. 오온이란 색수상행식(色受想行識)의 다섯 가지 요소인데, 이 가운데 '색'은 물질적인 육신을 가르키고 '수상행식'은 마음을 가르킨다. 즉, 마음이란 곧 '수상행식'인 것이다. 그러면 어떻게 수상행식이 일체 모든 것을, 나아가 나의 삶을 만들어내는 것일까? 먼저 '식(識)'이란 마음(心)과 동의어로 '수상행'의 도움으로 대상을 아는 것을 말한다. 그러므로 여기에서는 '수상행'에 대해, 교리적이기보다는 조금 단순화시켜 살펴보고자 한다. '수상행'의 작용을 알면, 그 세 가지 마음 작용을 근거로 '식', 즉 마음이 일어나는 것을 알 수 있기 때문이다.

첫째, 수온(受蘊)이다. 수온은 '느낌, 정서, 감정'을 말한다. 즉, 느낌과 감정이 세상을 만들어낸다. 내가 지금 이 순간, 무엇을 느끼며 사는가 하는 것이 바로 내 미래의 삶을 창조해내는 것이다. 기쁨을 주로 느끼며 사는 이에게는 기쁠 수밖에 없는 삶이 만들어지고 풍요로움을 느끼며 사는 이에게는 더 많은 풍요를 누릴 수밖에 없는 부유한 삶이 창조된다.

그동안 우리는 외부적으로 좋은 일이 생기면 좋은 감정을 느끼고 나

끌어당김

뿐 일이 생기면 나쁜 감정을 느낄 뿐이라고만 생각해왔다. 느낌은 내가 선택할 수 있는 영역이 아니라 외부적인 환경 속에서 어쩔 수 없이 생겨나는 것이라고 본 것이다. 즉, 나쁜 상황이면 나쁜 느낌이 생기고 좋은 상황이면 좋은 느낌이 생긴다. 그러나 과연 사실일까? 그렇지 않다.

느낌은 어쩔 수 없이 외부 상황에 따라 주어지기도 하지만 우리는 나의 '느낌'을 선택할 수도 있다. 예를 들어 '덥다'는 상황은 짜증스럽고 찝찝하며 싫은 느낌이기도 하지만, 사우나에 들어가 있는 사람들은 '시원하다', '피로가 확 풀린다'고 하면서 오히려 좋은 느낌으로 받아들이기도 한다. 동일한 상황 속에서도 어떤 사람은 그것을 좋게 느끼고 어떤 사람은 싫게 느끼기도 하는 것이다. 이처럼 우리에게 주어진 상황은 언제나 '중립'이지만 분별과 판단이 좋거나 싫다고 받아들이는 것이다. 선택은 외부에서 하는 것이 아니라 나 자신이 한다.

그렇기에 우리는 매 순간의 상황을 자기 스스로 '좋은 느낌'으로 바꿀 수 있다. 그런데 중요한 점은 좋은 느낌을 받으면 바로 좋은 느낌의 삶이 창조된다는 점에 있다. 우리는 그동안 좋은 상황일 때 좋은 느낌을 받는다고 생각해왔을 뿐, 거꾸로 좋게 느낄 때 바로 좋은 상황이 만들어진다는 것을 간과해왔다.

내가 느끼는 것이 곧 내가 창조하는 것이다. 행복한 느낌을 받으면 행복한 삶이 창조되고, 불행한 느낌을 받으면 불행한 삶이 창조된다. 실패할 것 같은 불안감을 느낄 때 실패할 확률이 높아지고 왠지 성공할

날마다 해피엔딩

끌어당김

것 같다는 확신 어린 느낌에 차 있을 때 세상은 그를 성공으로 이끈다.

무엇을 느끼며 사느냐가 일체유심조의 핵심 원리이다. 지난 일주일간, 한 달간 나는 주로 무엇을 느끼며 살아왔는가. 기쁘고 행복했는가 아니면 슬프고 괴로웠는가. 바로 그 결과대로 나의 미래와 삶은 창조되는 것이다. 지난 세월을 우울하게 살아온 사람은 동시에 우울한 삶을 창조해왔던 것이다.

두 번째, 삶을 만들어내는 마음 작용은 상온(想蘊)이다. 수온은 감정적인 데 반해 상온은 사상, 지식, 견해, 신념과 같은 이지적인 사고의 밑바탕이 되는 것이다. 즉, 생각하고 사고하며 지견으로 만들어낸 것들이 곧 미래의 삶을 만들어내는 것이다. 평소에 무엇을 생각해왔는가, 똑같은 현상을 보고 부정적으로 생각하는지 긍정적으로 바라보는지가 그 사람의 삶을 형성하는 데 결정적인 역할을 하는 것이다.

부정적인 사람은 자기 안에 있는 부정적인 생각의 필터로 인해 부정적인 삶이 창조되고 긍정적인 사람은 긍정적인 삶이 창조된다. 나의 내면에는 부정적으로 생각하는 필터가 있을까, 긍정적인 필터가 있을까? 아주 쉬운 예로 내면의 필터가 부정적인지 긍정적인지를 알아볼 수 있다.

인터넷 기사를 읽고 댓글을 다는 아주 단순한 행위를 통해서도 그것은 쉽게 확인된다. 어떤 연예인이 불우이웃돕기 성금을 냈다는 아름다운 기사 아래에조차 악성 댓글이 부지기수로 달린다. 일반적인 뉴스 기사의 댓글을 보면 우리 내면의 필터가 얼마나 부정적인지를 금방 알 수 있다. 보통 눈앞에 있는 사람에게 말할 때는 상대방에게 좋게 보이고 싶은 욕망이라는 필터로 걸러서 좋게 말하곤 하지만, 댓글이란 자기를 드러내지 않고 말할 수 있는 장치이다 보니 아주 쉽게 자기 마음을 드러낼 수 있는 것이다. 눈앞의 사람에게는 욕을 해주고 싶은 마음을 억누르고 돌려서 말하지만 인터넷에서는 그럴 필요가 없는 것이다.

누구나 자기 안에는 생각이라는 필터가 있다. 그런데 그 생각이라는 필터가 세상을 바라보는 데에만 쓰이는 것이 아니라 자신의 미래와 삶을 바라보는 데에도 쓰인다는 사실은 간과하고 있다. 반복적인 생각은 에너지를 가진 채 자신의 삶을 창조해낸다.

생각 또한 느낌처럼 실체가 있는 게 아니기 때문에 어떤 상황에서 어떤 방식으로 생각할 것인지를 스스로 선택할 수 있다. 부정적으로 생각할 것인지, 긍정적으로 생각할 것인지는 습관 같아서 스스로 바꾸어 갈 수 있다. 이처럼 생각이란 하나의 창조 에너지로서 내 삶을 만들어내는 또 하나의 마음이다.

세 번째, 삶을 창조해내는 것은 행온(行蘊)이다. 물론 행온은 수온과 상온 이외의 모든 심리적 작용들을 의미하지만 행온의 가장 전통적인 해석은 의도적인 행위, 욕구, 바람, 의도라고 할 수 있다. 즉, 무언가를 원하는 마음이 원하는 삶을 만들어낸다는 것이다. 《연금술사》에서 말하는 "간절히 원하면 이루어진다"는 말이 바로 이 행온의 작용을 설명하고 있는 것이다.

끌어당김

　　그런데 여기에는 중요한 원칙이 있다. 순수하게 원하되 집착이 없어야 한다는 점이다. 원하되 집착하면서 원하면 그것은 오히려 이루어지지 않는 힘으로 작용한다. '집착'이야말로 원하는 것을 이루게 하는 힘으로 작용할 것인가, 오히려 원하는 것을 이루어지지 않게 하는 힘으로 작용할 것인가로 나뉘는 중대한 분수령인 셈이다. 왜 그럴까? 무엇인가 이루어지기를 바라면서 반드시 이루어져야 한다고 크게 집착하면 할수록 '만약 이루어지지 않으면 어쩌지?' 하는 두려움도 함께 커져간다. 실패에 대한 두려움이 커져서 그것이 이루어지지 않는 힘으로 바뀌는 것이다. 두려워하지 않고, 결과에 대해 걱정하지 않으며, 집착 없이 원하고 바랄 때 "간절히 원하면 이루어진다"는 것이 진리로서의 의미를 가진다. 집착 없이 바라고 원하는 것이야말로 가장 큰 창조의 힘이다. 욕망하지 않고 단순히 원할 수 있다. 집착 없이 행하고, 욕망 없이 원하라.

　　이상에서처럼 세 가지 마음 작용을 잘 사용할 때 일체유심조의 이치를 실천할 수 있게 되는 것이다. 행복을 먼저 느끼고 생각하며, 순수하게 바랄 때 내가 느끼는 것, 생각하는 것, 바라는 것은 이루어진다. 그러나 이렇게 만들어진 세상 또한 공한 것이다. 오온개공(五蘊皆空)이 아닌가. 삶을 아름답게 만들어내는 방편의 힘을 자유롭게 사용하되, 그 자체에도 얽매이면 안 된다. 원한다면 삶을 뜻대로 창조하되 그 또한 꿈이며 환상임을 잊지 말라.

죄의 과보도
피해 갈 수 있다

　사람들은 보통 업(業)이라고 하면 '죄'를 떠올리곤 한다. 업이 많다는 말은 곧장 죄가 많다는 말과 동의어처럼 쓰인다. 그러나 업이 죄이기만 한 것은 아니다. 사실 업이라는 말은 아주 단순한 의미를 포함하고 있다. 업은 한마디로 '행위'다. 행동하고 말하고 생각한 것이 그대로 업이 되어 존재 속에 어떤 세력 혹은 에너지를 남긴다. 그것이 바로 업력(業力)이다. 업력은 잠재적으로 우리 안에 머물러 있다가 인연의 때를 만나면 반드시 그에 상응하는 결과를 가져온다. 즉, 한 번 행한 모든 행위는 사라지는 것이 아니라 그 행위에 상응하는 결과를 가져온다는 법칙이다. 그것을 불교에서는 인과응보의 법칙, 혹은 업인과보의 법칙이라고 부른다.

　쉽게 생각한다면 업 사상은 우주의 대 평등성을 밝히는 에너지 균형의 법칙이다. 이 세상은 언제나 꽉 차 있는 '진리의 세계'이다. 완전한 평등, 조화, 균형 감각을 이루고 있으며 일체 모든 존재에게 차별 없이 동일한 원칙과 진리로서 우주의 바탕을 이루고 있다. 어느 한쪽이 더 우월하거나 치우친 법칙이 아닌 일체 모든 존재의 배후에 완전한 평등으로 깔려 있는 법칙인 것이다. 진리의 세계를 불교에서는 법계(法界)라고 표현한다. 단순한 세계가 아니라 진리가 운행되는 세계이다.

업이야말로 법계를 설명하는 아주 중요한 법칙 중 하나다. 업의 이해를 위해 예를 들어보자.

우리가 사는 세상을 보면 불공평한 듯 보이는 일들이 많이 일어난다. 어떤 사람은 사기를 치고 나쁜 짓을 하는데도 부유하고, 또 어떤 사람은 착하고 성실한데도 가난을 면치 못한다. 사기를 쳐서 돈을 빼앗고도 큰소리치며 사는 사람이 있는가 하면 사기를 당해도 말 한마디 못하고 억울하게 살아야 하는 사람도 있다. 겉에 드러난 세상의 불공평이 진실이라면, 불공평을 공평하게 바꾸어줄 무언가가 없다면 그런 세상을 진리의 세계, 즉 법계라고 할 수 없을 것이다.

이러한 불공평하고 불평등한 현실에 대해 업 사상은 과거와 미래의 생을 아우르는 분명한 인과의 이치로써 답하고 있다. 선인선과 악인악과(善因善果 惡因惡果)라는 것이 업을 설명하는 가장 쉬운 방법인데, 즉 악행을 한 자는 반드시 악의 결과를 받고 선행을 한 자는 반드시 선의 결과를 받는다는 법칙이다. 그 사실에는 예외가 없다. 다만 언제 받느냐의 차이는 있을지언정 업을 저질러놓고 받지 않을 수 없다는 말이다. 이러한 업의 특성을 《법구경》에서는 "하늘에도 바다에도 산중 동굴에도 사람이 악업에서 벗어날 수 있는 곳은 아무 데도 없다"고 표현하고 있다.

자신이 지은 업은 반드시 스스로 받아야 끝이 난다. 사기를 쳐서 돈을 빼앗은 사람이 지금은 아무 문제 없이 잘 먹고 잘사는 것 같지만 그 악업의 결과가 무르익을 때 그는 큰 고통을 받는다. 선행을 했지만 결과가 좋지 않은 사람일지라도 선행의 결과가 무르익을 때 분명히 선의 결과를 받는다. 이러한 사실을 《법구경》에서는 "악행의 열매가 익기 전에는 악한 자도 행복을 누릴 수 있다. 그러나 악행의 열매가 익을 때 그는 큰 괴로움을 받는다. 선행의 열매가 익기 전에는 선한 자도 고통을 겪을 수 있다. 그러나 선행의 열매가 익을 때 그는 큰 행복을 누린다"고 말하고 있다.

그것이 어떻게 가능할까? 아니 이 질문보다 어떻게 그것이 가능하지 않을 수 있단 말인가라는 질문이 더 적절해 보인다. 우주의 평등과 에너지 균형의 법칙에 의하면 A라는 사람이 B라는 사람에게 100만 원을 사기 쳤다면 그 둘 사이의 관계는 에너지 불균형이 일어난 것이다. A라는 사람은 100만 원을 부당으로 취했지만 B라는 사람은 100만 원을 손해 보았다. 그러나 걱정하지 말라. 우주 법계는 언제나 에너지의 불균형을 균형적으로 맞춰주는 방향으로 흐르게 되어 있다. 그것이 법계가 하는 일이다. 만약 이번 생에 업의 불균형이 해결되지 못했다면 다음

끌어당김

날마다 해피엔딩

생에 두 사람은 반드시 다시 만나게 되어 있다. 두 사람 사이의 에너지가 불균형하게 틀어진 이상 자연 그대로의 균형 있는 상태로 바꾸어놓기 위해 우주 법계는 그 일을 계획할 수밖에 없는 것이다. 그러면 거꾸로 어느 생에서 A는 B에게 100만 원 상당의 무엇인가를 빼앗기거나 주어야 하는 일이 생겨나는 것이다.

우리가 살다 보면 이상하게도 어떤 사람과는 첫 만남에서부터 악연이구나 싶은 경우도 있고 또 어떤 사람은 이유도 없이 좋아서 도와주고 싶은 사람이 있지 않은가. 그것이 바로 우주 법계가 업의 균형을 위해 행하는 치밀하고도 전 우주적인 현실 창조의 방법이다. 엉성하게 별 이유도 없이 우연히 그 일이 벌어졌거나 그 사람과 만난 것 같지만 사실은 모든 일들과 만남은 우주 법계의 치밀하고도 전체적인 계획의 일환인 것이다. 이것이 바로 업보론, 인과응보의 개략적 설명이다.

불교를 조금 접해본 사람이라면 여기서 의문이 하나 생길 것이다. 불교에서는 분명 수행을 통해 업장이 소멸된다고 했는데, 업장은 그것을 받기 전에는 소멸되지 않는다면 이 두 가지 가르침 사이에는 큰 오류가 있는 것이 아닌가 하는 점이다. 즉, 업장은 소멸될 수 있는 것인가, 아니면 받기 전에는 없어지지 않는 것인가 하는 점이다. 또한 아무리 선한 업을 많이 짓더라도 과거에 지은 악한 업이 선업에 의해 상쇄되지는 않는다고 한다. 그렇다면 큰 죄를 지은 사람이 착하게 살아도 어차피 죄의 과보를 받을 것인데 선업을 애써 지을 필요가 있겠느냐며

끌어당김

자포자기할 수도 있을 것이다.

  과연 그럴까? 이에 대해 부처님께서는 '소금물의 비유'로써 답을 주고 계신다. 한 움큼의 소금을 한 잔의 물에 넣으면 그 물은 짜서 마시기 힘들지만 그것을 큰 그릇의 물에 넣으면 마실 수 있는 물이 된다. 잔에 넣은 소금의 양과 큰 그릇 속에 넣은 소금의 양은 동일하지만 물의 양에 따라 마실 수 있는 물이 되기도 하고, 마시기 힘들 만큼 짠물이 될 수도 있는 것이다. 갈증이 심할 때 소금 한 움큼이 들어간 많은 양의 물은 갈증을 해소해주는 소중한 감로가 되기도 하고 거기에 온갖 양념과 나물을 넣어 국이나 찌개를 끓인다면 도리어 맛깔스런 음식이 될 수도 있다. 예상했겠지만 바로 잔에 담긴 소금이 바로 악업을 의미한다. 악업을 받긴 받아야 하지만 다르게 받을 수도 있다는 것이다.

  이처럼 과거에 악업을 지었다고 하더라도 그 업을 기계론적이나 결정론적으로 반드시 나쁘게 받아야만 하는 것은 아닐 수도 있다. 나쁜 업을 지었어도 그 뒤에 좋은 업을 많이 지으면 이미 지은 나쁜 업에 대한 과보가 나쁘게 나타나지 않을 수도 있다는 것이다. 즉, 과거에 어떤 업을 지었느냐가 내 삶을 좌지우지하는 가장 중요한 결정적인 요소가 아니라 오직 지금 이 순간 내 의지에 따라 자신의 삶과 운명을 스스로 변화시키고 개척할 수 있다는 것이다. 그래서 불교를 운명론이나 숙명론이라고 하지 않고 업보론, 업인론이라고 하는 것이다. 업보론은 운명론이나 숙명론과는 분명 다르다.

이해를 돕기 위해 또 다른 예를 들어보자. 전생에 내가 어떤 사람에게 심하게 욕을 했다고 치자. '너 같은 녀석은 그냥 죽는 게 낫다. 죽어버려라.' 이 구업(口業)은 분명히 업력을 남기게 되고, 다음 생에 나는 내가 욕한 사람에게 똑같이 욕을 받을 수도 있다. 그러나 구업의 결과를 받을 때 내가 쌓은 선업과 수행력의 차이에 따라 구업의 과보는 천차만별로 달라질 수 있다.

예를 들어 이번 생에 태어나 선업을 많이 지었다면 자연스럽게 내 삶이 맑고 밝아질 것이고 법계의 기운에 따라 내 주위는 선한 기운이 넘쳐흐를 것이다. 또한 수행을 많이 한 사람이라면 중심이 서 있을 것이고, 어떤 욕이나 경계를 당하더라도 이겨낼 수 있는 내적인 수행력이 있을 것이다. 또한 선업의 결과로 나를 지지해주고 다독여주는 좋은 벗도 곁에 있을 것이다.

그러나 반대로 이번 생에 태어나서도 끊임없이 악행과 악업을 짓고 산 사람이라면 당연히 그 사람 주위는 어둡고 탁한 기운이 넘쳐흐를 것이고 마음은 나약할 것이 분명하다. 나약한 사람에게 '너 같은 녀석은 그냥 죽어버려라'고 한다면 그 사람에게 그 욕설은 너무도 나쁜 영향을 끼칠 수도 있고, 극단적인 경우 자살하도록 만들 수도 있다. 똑같은 업을 지었더라도 그 업을 어떤 상황에서 어떤 인연일 때 받느냐에 따라 큰 차이가 있다.

업이라는 것은 기계적인 인과가 아니다. 그렇기 때문에 아무리 과거

끌어당김

에 악업을 많이 짓고 죄를 많이 지은 사람이라 할지라도 두려워할 것은 없다. 죄의식에 사로잡혀 앞으로의 삶까지 망쳐버릴 필요는 없는 것이다. 그래서 《천수경》에서는 "죄라는 것은 자성이 없어 마음 따라 일어나니, 죄의식에 얽매인 마음이 소멸하면 죄 또한 소멸된다. 그리하여 죄와 죄의식 모두가 공함을 깨닫게 된다면 그것이 진정한 참회다"라고 말하고 있다.

과거의 죄에 얽매여 현재를 망가뜨리지 말라. 매 순간의 현재에 어떤 마음으로 어떻게 살아가느냐에 따라 과거의 죄는 마땅히 소멸되거나 다른 방식으로 받을 수도 있다. 우리가 해야 할 일은 현재를 최선의 선행과 지혜로움으로 살아나가는 데 있다. 현재가 아름다움으로 깨어날 때 과거의 죄업 또한 텅 빈 공으로써 사라져갈 것이다.

운명을
뛰어넘는 법

운명은 정해진 것일까, 정해져 있지 않은 것일까? 사주팔자는 바꿀 수 있는 것일까, 아니면 고정되어 있으므로 바꿀 수 없는 것일까? 바꿀 수 있다면 과연 어느 정도까지 바꿀 수 있는 것일까? 정해진 운명을 뛰어넘어 새롭게 변화시킬 수 있는 힘이 과연 내 안에 있기는 한 것일까? 불교에서는 여기에 대한 답변을 '업'으로써 설명하고 있다.

과거로부터 짊어지고 온 업이 무엇인가도 물론 중요하겠지만 그것보다 더 중요한 것은 '지금 여기'라는 현실을 어떻게 살아감으로써 과거의 업을 뛰어넘고 현재를 아름답게 살 수 있는가 하는 점이다. 즉, 업을 뛰어넘을 수 있다는 말이다.

물론 업이란 과거에 우리가 지은 행위이기 때문에 상당 부분 우리 삶의 방향을 결정짓는 역할을 한다. 예를 들어 어느 정도의 부를 축적하고 살 것인지, 어느 정도의 학벌과 능력을 가지고 살아갈 것인지, 어디

끌어당김

에서 어떤 일을 하며 얼마 정도의 행복을 누리다가 언제쯤 죽게 될 것인지 등 우리 삶의 대략적인 윤곽에 대해서는 누구나 태어나면서부터 어느 정도 정해진 업력(業力)을 가지고 오는 것이다. 배우자, 학벌, 직업, 사망, 복력, 사고, 인연 등 삶의 전반에 대해 어느 정도 가지고 온다는 말이다. 그렇다고 전생의 업을 그대로 받을 것이니 이번 생은 내가 아무리 발버둥 치더라도 절대 그 업을 벗어날 수 없다고 생각한다면 큰 오산이다. 아니 그것이야말로 일생 일대의 가장 큰 실수를 저지르게 되는 것이다.

업이라는 것이 무엇인가. 그것은 우리가 과거에 지은 행위라고 했다. 과거의 행위에 의해 지금의 현실이 만들어지고 있는 것이라면 현재의 행위에 따라 또다시 내 미래가 바뀔 수밖에 없다는 것은 지극히 당연한 결론이다. 달라질 수 있는 정도가 아니라 끊임없이 우리 삶은 그 궤도를 수정해나가고 있다. 지금 이 순간에도 내일 있을, 내년에 있을 삶의 궤도가 내 행위에 따라 끊임없이 수정되고 있다.

그것을 운명이나 숙명이라 이름 짓지 않고 업이라 이름한 데는 그만한 이유가 있다. 운명이나 숙명은 바꿀 수 없는 것인 데 반해 업이라는 것은 언제든 바꿀 수 있으며 바꿀 수 있는 정도가 아니라 순간순간 변화하는 특성을 가지기 때문이다.

예를 들어 오늘 힘겹게 살아가는 소년소녀 가장을 만나 따뜻한 마음과 필요한 것들을 나누어 주었다면 바로 그 행위가 1년 뒤 파산할지 모

날마다 해피엔딩

르는 업연을 2년 뒤로 늦출 수도 있다.

힘겹게 살아가는 이웃과 벗을 찾아가 위로해주고 지혜로운 삶의 길을 안내해주었다면 이번 생에는 있지도 않았을 선지식과의 인연이 생겨날 수도 있다.

오늘 부처님께 나아가 기도하며 그동안 가지고 있던 욕심과 집착을 말끔히 비워냈다면 급성 위장염이나 위암 판정을 10년쯤 뒤로 늦출 수도 있다.

오래도록 마음속에 응어리져 있던 미워하는 원수에 대한 불같은 화를 다스리고, 마음 깊은 곳에서 용서를 해주었다면 몇 달 뒤에 닥칠지 모를 화병이 소멸될 수도 있다.

필요하다고 그때그때 사들이고, 여유 있다고 아끼지 않고 절약하지 않았던 삶의 습관이 10년 뒤에 올 퇴직을 1년 뒤로 앞당길 수도 있고 나보다 못난 사람, 가난한 사람을 업신여기는 한마디의 말이 지금의 높은 지위를 1년 빨리 끌어내릴 수도 있다.

어디 그뿐인가. 파리나 모기, 풀벌레와 작은 곤충들의 생명을 별 생각 없이 죽이거나 괴롭혔다면 그것은 내 명(命)을 몇 년씩 앞당기는 일이 될 수도 있다. 산을 함부로 깎고 나무를 베는 행위로 인해 자연재해가 일어나 내가 사는 집과 터전이 사라질 수도 있다.

지금 이 순간 나는 어떤 행위를 하고 있는가. 지금 이 순간 내가 하는 행위에 따라 운명이라고 생각했던 나의 업은 엄청난 변화를 겪는다. 불교의 제행무상이라는 이치에 따르면 그 어떤 것도 정해진 것은 없다. 업이라는 것 또한 끊임없이 변하는 것이다. 우리의 행위가 매일 달라지고 지속된다는 것은 받아야 할 업의 과보 또한 끊임없이 달라지고 있음을 의미한다.

그러면 조금 더 구체적으로 살펴보자. 과연 어떻게 해야 정해진 업을 뛰어넘을 수 있을까? 업과 운명을 뛰어넘어 새로운 삶을 개척하고자 한다면 과연 어떻게 마음을 다스려야 하고 어떤 실천을 해야 하는 것인가?

업을 변화시키는 첫 번째 실천이란 바로 선업, 즉 선행이요, 나눔과 보시행이다. 이것을 통해 우리는 삶을 온갖 공덕과 복덕으로 가득 채울 수 있다. 선을 행하고 내 것을 나누는 것이야말로 우리 삶을 아름답게 가꾸어가는, 업을 뛰어넘는 가장 기본적이고 중심이 되는 방법이다.

월급에서 일정 부분을 떼어 불우한 이웃을 돕기 위해 사용하는 것, 고통 받는 이들에게 도움을 줌으로써 힘이 되어주고 행복의 길로 안내해주는 것, 만나는 모든 이들에게 평안을 느끼도록 하는 것, 버스 기사님과 톨게이트의 매표원에게 따뜻한 캔 커피 하나를 건네는 것, 이웃과 환한 미소로 안부 인사를 나누는 것, 아내가 차려준 밥상에 칭찬 세례를 퍼붓는 것, 좋지 않은 성적을 거둔 자녀에게 웃으며 격려해주는 것, 친구의 고민을 내 일처럼 들어주고 함께 걱정해주는 것, 남들보다 더 많이 일하고 봉사하는 것, 내 집과 이웃집 앞의 쓰레기를 청소하는 것, 주말에 가족과 함께 봉사 활동을 떠나는 것, 매월 일정액의 보시를 행

날마다 해피엔딩

하는 것, 경전이나 지혜의 책들을 보시하는 것, 이 세상을 향해 '살아 있는 모든 것들은 평안하소서, 안락하소서, 행복하소서'라고 축원하는 것 등등. 작지만 분명한 보시행이 앞으로의 삶을 조금씩 바꾸어간다. 이러한 이타적인 선업의 실천이야말로 내 삶과 미래를 바꾸는 직접적이고도 결정적인 요소다.

두 번째로 운명을 뛰어넘는 요소가 바로 수행과 명상이다. 마음의 욕망과 집착을 비우는 것, 탐내고 성내고 어리석은 '탐진치' 삼독을 소멸하는 것, 판단과 분별을 쉬고 올라오는 모든 생각들을 묵묵히 지켜보는 것, 번뇌와 망상에 끌려가지 않는 것, 이기적인 에고와 아상을 타파하는 것, 미워했던 사람을 용서해주는 것, 싫어하던 외모나 능력 등 내게 주어진 삶을 대 긍정으로 수용하는 것, 욕심을 하나씩 포기해나가는 것, 집착하던 사람과 물건들을 놓아주는 것, 아껴 쓰고 절약하는 것, 소박하고 청빈하게 사는 것, 내가 옳다고 고집했던 견해를 놓아버리는 것, 가슴을 활짝 열고 세상의 모든 것들을 받아들이는 것, 옳고 그르다는 생각과 차별들을 가만히 관해보는 것, 매일 아침 일어나 기도하는 것, 절 수행을 하거나 좌선 수행을 하는 것, 때때로 지혜로운 삶의 스승님을 찾는 것 등등. 작은 비움과 수행, 생활 속의 명상을 실천하는 것이야말로 내 삶과 미래를 바꾸고 업을 뛰어넘는 근원적이고도 결정적인 요소다.

그러면 전생이나 과거에 지은 악업에 대한 과보를 받는 것은 언제인

끌어당김

가. 그것은 바로 '지금 이 순간' '지금 여기'에서다. 어떤 업의 과보라도 '지금 여기'에서 받을 수 있는 것일 뿐 과거나 미래에 받을 수 없다. 또 언젠가 미래에 받게 될 과보를 바꿀 수 있는 변화의 장도 '지금 여기'이며, 전생에서부터 짊어지고 온 악업을 소멸시키는 수행과 선행의 장 또한 '지금 여기'라는 현재의 순간이다.

'지금 이 순간'에서의 선행과 수행 속에 업을 뛰어넘고 삶을 변화시킬 수 있는 모든 것이 담겨 있다. 그래서 결론적으로 수행자의 두 가지 할 일은 선업을 지음으로써 '복'을 증진시키는 일과 수행으로써 '지혜'를 증진시키는 일이다. 그 두 가지는 오직 '지금 여기'라는 현재 속에 있는 것이다. '지금 여기'라는 현재를 다스리면 과거와 미래까지 완벽하게 다스릴 수 있는 것이다.

양자물리학자들 또한 여기에 동의한다. 과거나 미래가 사실은 '지금 여기'라는 현재에 다 들어 있다는 것을 밝히고 있는 것이다. 이미 지나간 과거에 얽매여 괴로워하지도, 아직 오지 않은 미래에 얽매여 고민하지도 말고 오직 지금 이 순간을 선행과 수행으로써 잘 다스리는 것이 최상의 삶의 방식인 것이다.

혹시 나는 공부에는 재능이 없다거나, 부유함은 나와는 다른 세상 이야기라고 체념한다거나, 내 운명은 어차피 진흙탕 속이라고 좌절하거나, 내가 어떻게 행복할 수 있을까라고 주저하거나, 악행을 저지른 내가 어떻게 복을 받을 수 있을까라고 염려하거나, 내 삶은 포기와 좌절,

절망뿐이라고 주어진 운명을 비관하지는 않았는가. 아직 비관할 때도, 절망만 하고 있을 때도 아니다. 그런 운명도, 그런 때도 없다. 이 세상에 정해진 운명이란 어디에도 없다.

언제든 마음을 돌이켜 '지금 여기'에서 시작한다면 수북이 쌓인 마른 풀이 성냥불 하나에 불타 없어지듯이, 수백 년 동안 어두웠던 동굴이 불빛 하나에 환히 밝아지듯이 어제의 모든 죄업은 일시에 소멸될 수도 있다.

내 삶은 스스로 만들어갈 수 있다. 내 운명은 스스로 개척할 수 있다. 업이라는 것은 정해진 것이 아니기 때문에 뛰어넘을 수 있는 것이다. 매 순간 업을 뛰어넘을 수 있는, 업을 경이롭게 바꾸어나갈 수 있는 지혜와 복덕이 담긴 행위를 해나가고 있는가. 마음을 비우고, 소유를 나누는 행위를 해나가고 있는가. 작은 실천이 내 삶을 변화시키고 진화시킬 수 있다.

끌어당김

가슴 뛰는 삶을
연주하라

세상에서는 나를 확장시키라고 말한다. 종교나 명상의 가르침은 나를 비우라고 한다. 이 세상에서 인정받으려면 내 소유, 내 명예, 내 지위, 내 생각 등 나의 부분이 확장되고 늘어나야 하지만 출세간에서 인정받으려면 무소유, 무집착, 청빈과 가난 등의 정신으로써 나라는 상을 타파하고 에고를 소멸시켜야 한다.

그렇다면 현실의 나는 어떤 선택을 해야 하는 것일까? 명상적인 삶을 살기 위해, '내가 작아지는 즐거움'을 위해, 아상의 타파와 무소유를 위해 모든 것을 버리고 출가를 하거나 아무것도 행하지 않아야 하는 것일까?

과연 무엇이 옳은 것일까? 내가 작아지는 즐거움인가? 내가 확장되는 즐거움인가? 그러나 이 두 가지는 진리의 서로 다른 표현 방식일 뿐 서로 다른 것이 아니다. 겉으로 보기에는 전혀 다른 길 같지만 사실은 도착해야 할 목적지는 같다. 히말라야를 오를 때 동쪽에서 출발하는 사람에게는 서쪽으로 오르라고 말해주어야 하지만 서쪽에서 출발하는 사람에게는 동쪽으로 향하라고 해야 하듯 서로 다른 길을 가라고 하는 듯 보이지만 사실 궁극의 방향은 같은 지점을 향하고 있는 것이다.

이제 나에 대한 집착을 비우되 마음껏 자기다운 삶을 드러내고 주어진 삶을 창의적으로 연주하는 '내가 확장되는 즐거움'의 길을 따라가 보자.

《금강경》에서는 아상(我相)을 타파하라고 말한다. 《아함경》의 가르침에서는 무아(無我)를 깨닫는 것이야말로 진리에 이르는 길임을 설하고 있다. 아상이라는 것은 고정된 실체가 아니기 때문에 집착할 가치가 없다. 그런데 아상타파의 가르침을 일부 왜곡되게 해석하거나 받아들이는 경우를 종종 보게 된다. 무아, 무심(無心), 무상(無常), 무집착(無執着), 무소유를 말하는 불교의 공(空) 사상을 허무주의라고 폄하하는 이들도 있다.

또한 실제 불자들 사이에서도 불교를 공부하면 집착도 다 버려야 할 것 같고, 성공도 별 의미가 없는 것 같고, 모든 것이 무의미하게 느껴진다고 하소연하기도 한다. 그야말로 공에 치우친 것이다.

그래서 중도의 가르침이 필요하다. 불법을 공부하는 이들에게 중도의 가르침이야말로 자칫 어느 한쪽에 치우칠 수 있는 어리석음을 타파

해주는 귀한 가르침이 된다. 수행자나 명상가들은 집착을 버리고 아무런 욕심 없이 말 그대로 조용히 살아야 하는 것일까? 성공도 하지 말고 바라는 것도 다 버린 채 도시가 아닌 먼 시골에서 나를 드러내지 않으며 은둔과 청빈의 삶을 살아야 하는 것일까? 돈도 벌지 말고 가난하게 살아야 하는 것일까?

그것이야말로 아상타파의 길이고, 소욕지족, 무아, 무상, 공의 길을 걷는 유일한 길인가? 그렇지 않다. 만약 그런 생각에 얽매여 있다면 그 또한 한쪽으로 치우친 것이다. 양쪽 다 상관없다. 마음에 걸림과 집착이 없다면 돈을 벌어도 좋고 청빈하게 살아도 좋다. 중요한 것은 어느 한쪽에 집착하지 않는 것이지 성공하지 않는 것이 아니다.

우리가 이 세상에 온 이유가 무엇일까? '나'라는 모습을 띠고 세상에 태어나 삶을 살아가는 이유가 무엇일까? 그 이유는 귀의(歸依)하기 위함이라고 했다. 내가 나온 본연의 귀의처로 되돌아가 의지하기 위함이다. 본래 자리인 깨달음, 자비, 지혜의 근원적인 고향으로 돌아가는 여정이 바로 삶의 목적이요, 이유다. 즉, 자신에게 주어진 삶을 통해 깨닫고, 성장하고, 배우기 위해 삶을 살고 있는 것이다.

그렇다면 어떻게 해야 하는가? 주어진 삶을 자기답게 살아나감으로써 마땅히 배우고 성장하고 깨달아야 하는 것이다. 진정 나를 가슴 뛰게 하고 행복하게 하는 자기만의 목적과 사명이 누구에게나 있다. 우리가 할 일은 바로 자기다운 일에 열정을 가지고 무위로써 해나가는 것이

날마다 해피엔딩

201

끌어당김

다. 움츠러들고 허무주의에 시달려 삶의 에너지를 낮출 필요는 없다. 진정한 공과 무아, 아상타파의 정신은 삶이 무의미해지거나 허무주의에 사로잡히는 것이 아닌 순수한 열정과 함이 없는 노력으로써 가슴 뛰는 자신의 삶을 연주해내는 데 있다.

이처럼 누구나 이번 생에 주어진 자신만의 삶의 길이 있다. 물론 그것이 반드시 거창할 필요는 없으며 꼭 직업으로 선택해야 하는 것도 아니다. 중요한 것은 자신의 삶을 찾아내 독자적인 자신의 길을 걷는 데 있다. 모르겠다면 잠시 삶을 돌아보라. 삶은 끊임없이 힌트를 보내주고 있다. 내 안의 진리에서 보내는 신호 또는 상징을 아직 발견하지 못한 사람도 있겠지만 분명 자신에게 집중하면 저마다의 '자기다운 일'을 발견해낼 수 있을 것이다.

혹시 대학 시절 자원봉사 동아리에서 권유받았지만 이런저런 이유로 거절하지는 않았는가? 이상하게 주위에서 양로원이며 복지시설 자원봉사를 가자는 권유를 자주 받지 않았는가? 봉사 활동에 참여했을 때 나도 모를 뿌듯함과 행복감, 가슴 설레는 느낌이 들지는 않았는가? 만약에 그런 일이 종종 반복되었다면 그것을 선택했든 뿌리쳤든 간에 한 번쯤 되돌아보라. 그것이 바로 우주 법계에서 나에게 자신다운 길을 찾으라고 보내준 삶의 힌트였을 수도 있다.

미술이나 디자인을 좋아하는 사람이라면 그림 그리기에 빠져 종종 해야 할 일을 잊은 적이 있거나, 누군가에게 그림을 그려주었는데 너무

날마다 해피엔딩

나 행복해했다거나, 몸이 아파 병원에 누워 있을 때 그림을 무수히 그려냈거나, 그림과 관련된 아르바이트를 제안 받지는 않았는가?

가만히 자신의 삶을 되돌아보라. 누구나 무심코 지나쳤던 반복된 삶의 패턴을 되돌아본다면 나에게 보내준 힌트가 무엇이었는지를 깨닫게 될 수도 있다. 만약에 정말 하고 싶은 일이 있었지만 부모님의 권유나 지극히 현실적 만류에 의해 소중한 꿈을 포기하고 남들과 똑같이 쳇바퀴 도는 직장 생활에 전전하고 있지는 않은가?

혹 당신이 부모라면 이기적인 욕심이나 현실적인, 경제적인 이유 때문에 자녀가 원하지 않는 대학이나 직장, 혼사를 고집하지는 않았는가? 그것은 자녀의 생명력을 죽이는 일이다. 가슴 뛰고 설레는 자녀의 삶을 아무리 부모라 할지라도 묵살할 수는 없다.

사랑하는 사람이 있다면 마땅히 사랑한다고 말하라. 말도 못 해보고 마음속에서 고민만 하느니 사랑한다고 말한 뒤에 퇴짜 맞는 편이 더욱 깨달음을 가져다준다. 실연의 아픔, 사랑의 상처야말로 우리 삶에서 한 번쯤 겪어봐야 할 아름다운 공부거리가 아닌가.

어떤가. 지금 생에 태어난 이상, 무언가를 해봐야 하지 않겠는가. 성공하려면 성공을 위해 도전해보라. 사업을 하는 것도 좋고, 친구를 사귀는 것도 좋으며, 사랑을 하는 것도 좋고, 무언가를 배우는 것도 좋다. 무엇이든 마음을 움직이게 하고, 자신의 가슴을 뛰게 하고, 시간 가는 것을 잊을 만큼 저절로 삼매에 들게 되는, 바로 그것을 저질러 행하라.

만약 그것을 행하다가 실패했다면 그저 미소를 보내고 다시 일어서라. 그것은 실패가 아니라 실패를 가장한 성공일 뿐이다. 실패를 두려워하지 말라. 두려움과 집착 없이 행하는 데서 큰 힘이 붙는다. 성공과 실패를 통해 동시에 깨닫겠다는 각오를 하라.

가슴 설레는 자기만의 삶을 연주함으로써 '내가 확장되는 즐거움'을 마음껏 누리라. 무언가를 하고 싶은 생각이 일어났다면 그것이 바로 내가 해야 할 삶의 몫이다. 그것이 바로 내 삶의 의미이고 목적이다. 바로 그것을 적극적으로 행하라. 판단하고 계산하지 말고 무언가를 해야겠다면 저질러 행하라. 그것을 통해 내가 이 기회에 배워야 할 것들을 마음껏 배우고 넘어가라.

두려워하지 말고
다만 사랑하라

두려워하지 말라. 진실은, 두려워할 것이 없다는 것이다. 두려워할 것은 세상 어디에도 없다. 다만 우리 스스로 두려움을 만들어낼 뿐이다. 우주 근원의 에너지는 언제나 사랑이요, 무한한 자비다. 우리가 실체라는 말을 써야 한다면 유일하게 쓸 수 있는 것은 자비와 사랑이라는 말뿐일 것이다. 자비와 사랑이야말로 우주와 우리라는 존재의 근원적 실체다.

나라는 존재의 근원을 이루는 에너지 파장은 오직 '사랑'이요, '자비'일 뿐이다. 그 어떤 존재도, 신도, 다르마(dharma)도 당신을 두려움에 떨게 할 수는 없다. 성스러운 부처님도, 신도 인간들을 시험에 들게 하지 않는다. 인간을 단죄하기 위한 틀이나 두려움에 떨게 할 어떤 장치도 만들지 않았다. 인간답지 못한 인간, 도덕적이지 못한 인간, 신을 믿지 못하는 인간, 계율을 지키지 못하는 인간, 온갖 악행을 일삼는 인간,

끌어당김

성적으로 타락한 인간들을 처단하고 벌주기 위해 고통스럽고, 가장 무시무시한 지하세상을 만들어 놓지 않았다.

그것을 만드는 것은 오직 자신이며, 인간의 생각과 욕심일 뿐이다. 부처님은 무한한 자비 그 자체이며, 신은 무한한 사랑 그 자체일 뿐이다. 그분들은 인간을 단죄하고자 하는 어떤 의지도, 계획도 없다.

신도, 부처님도 오직 순수한 사랑일 뿐이다. 단죄하는 분이 아니다. 방편으로서 계율과 율법을 지키고 죄를 짓지 말라고 주의를 줄지언정 그것을 어겼을 때 벌하기 위한 특단의 조치를 취하는 것에는 관심이 없는 분이다.

다만 모든 인간의 악행들을 아무런 판단 없이 지켜보실 뿐이다. 그분들의 시선에서는 악행, 선행이라는 차별이 없다. 다만 사랑으로 지켜볼 뿐이다. 선악을 넘어선 분이 선악을 구분지어 놓고 그 가운데 악을 행한 자만을 단죄하고 선을 행한 자에게는 선물을 주겠는가? 그것은 우리 멋대로 지어낸 신에 대한, 절대자에 대한 바람이고 환상일 뿐이다.

절대자는 아무런 판단도 없이 모든 이들을 위해 오직 사랑과 자비만을 준비해두고 있다. 아니 신과 부처님, 우주는 그 자체가 사랑이요, 자비일 뿐이다.

그럼에도 불구하고 인간의 의식 속에는 지옥, 두려움, 고통이 있다. 하지만 그것은 가짜다. 실체적으로 존재하는 것이 아니라 우리의 의식 속에 인연 가합으로 존재할 뿐이다.

날마다 해피엔딩

　그것은 누가 만들어냈는가? 신이 만들어낸 것이거나 부처가 창조해낸 것이 아니라 바로 나 자신이, 인간이 만들어냈다. 가짜로, 생각으로 만들어냈다.

　그러나 생각은 에너지를 갖는다. 생각이 바탕이 되어 삶을 창조한다. 창조된 가짜 세상일지라도 그것은 인간에게 마치 진짜같이 느껴진다. 고통도, 지옥도 모든 것이 진짜처럼 생생하게 이어진다. 그러나 더 깊은 차원의 진실은, 모든 것이 거짓이라는 점이다. 오직 사랑과 무한한 자비, 연민만이 있을 뿐이다.

　그러니 걱정하지 말라. 두려워하지 말라. 삶을 두려워하지 말고, 죽음을 두려워하지 말라. 두려워하면 두려워하는 바로 그것이 창조된다. 죽음을 두려워하는 데 에너지를 쏟지 말고 삶을 사랑하는 데 마음을 쏟으라. 두려워할 것이 없는 세상에 생각으로 두려운 것들을 창조해내지 말라.

　세상이 당신에게 알려준, 종교가 당신에게 알려준 원죄에 속지 말라. 그것은 어디까지나 방편이었다. 삶은 두려워할 무엇이 아니다. 죽음 또한 두려워해야 할 무엇인가가 아니다. 그것은 무한한 사랑이다. 무한한 아름다움이며 지고의 기쁨이다.

　죄를 지으면 지옥 간다는 그 가르침이 우리에게 두려움을 안겨주었다. 계율을 범하지 말고, 율법을 어기지 말라는 가르침이 우리에게 죄의식을 안겨주었다. 그러나 거기에 속지 말라.

끌어당김

날마다 해피엔딩

신이 우리를 단죄한다고? 우리를 시험에 들게 하고, 심판한 뒤 몇몇은 지옥으로 던져버린다고? 계율을 어기면 지옥에 간다고? 지옥은 없다. 죄 또한 없다. 두려워해야 할 그 어떤 것도 없다.

이렇게 말하면 사람들은 항변할 것이다. 지옥도 죄도 없다면 잘못을 저질러도 되고 악행을 저질러도 상관없다는 말인가? 물론 상관이 있다. 물론 지옥에 떨어진다. 큰 고통을 받게 된다. 그러나 그것은 신이 준비해둔 것도 부처님이 만들어 놓은 곳도 아니다. 더욱이 그곳은 실체적인 곳이 아니다.

똑같은 상황이 어떤 사람에게는 지옥을 경험하게 하는가 하면 어떤 사람에게는 천상을 경험하게 하지 않는가. 배가 부른 사람에게 자장면 곱빼기는 고통을 가져오지만 배가 고픈 사람에게는 천국과 같은 것이기도 하다. 고통을 받지만 그 고통은 스스로 만들어낸 것일 뿐이다. 지옥에 떨어지지만 그 지옥은 절대적인 곳이 아니라 다만 스스로 만들어내고 스스로 그곳에 빠져 괴로워하기로 선택한 곳이다.

스스로 지옥을 만들어내지 않으면 우리는 결코 지옥을 경험할 수 없다. 있지도 않은 지옥을 생각으로 만들어 두려워하지 말라.

우리가 두려움에 떨면 그로 인해 두려운 세상을 창조한다. 지옥에 가게 될까봐 걱정 근심을 한다. 누구나 죄를 지었기 때문에 마음속에는 지옥에 갈 것에 대한 두려움이 자리 잡고 있다. 바로 그 두려움이 지옥을 창조해 낸다.

끌어당김

그러니 두려움에 떨지 말라. 두려움으로 인해 지옥을 창조해내지 말라. 두려운 마음이 지옥을 만들고, 죄의식이 죄를 만든다. 마음속에 지옥과 두려움, 죄의식을 품지 말라. 그것을 품음으로써 그것을 창조하지 말라.

대신 마음속에 무한한 사랑을 품으라. 무한한 동체대비의 자비로움을 품으라. 신은 무한한 사랑이며 부처님은 무한한 자비로움이다. 죽음을 두려워하는 대신 죽음을 사랑하라. 죽음이 두려운 것이라고 말한 사람은 죽음을 경험해보지 못했다. 오히려 죽음을 경험해본 사람은 죽음이 경이로운 것이라고 말한다.

지은 죄를 두려워하는 대신 삶과 자신을 무한히 사랑하라. 삶도, 죽음도 경이롭다. 그것은 둘이 아니며 사랑이라는 동전의 양면이다. 우리가 아무리 달려갈지라도, 아무리 벗어나려고 애쓸지라도, 혹은 아무리 도달하려고 애쓸지라도 우리는 언제나 사랑을 향해 달려갈 수 있을 뿐이다.

나 자신을 사랑하라. 네 이웃을 사랑하라. 주어진 삶을 사랑하라. 진리를, 신을, 부처님을 사랑하라. 오직 다만 사랑이기만 하라. 두려움도, 고통도, 죄의식도, 근심 걱정도, 지옥도, 죽음도 모두 사랑으로 감싸 안으라. 사랑 안에 녹아내리게 하라.

본래부터 그것은 없던 것이고 가짜일 뿐이니 진짜로 가짜를 품어 안으라. 사랑할 때 사랑이 창조된다. 본래 사랑이었음을 보게 된다. 삶의

날마다 해피엔딩

여정은 언제나 사랑으로부터 출발하여 사랑을 향해 도착할 뿐이다. 영적인 진보와 수행의 완성은 잊고 있었던 사랑을 되찾고 사랑이라는 근원의 고향으로 돌아가는 숭고한 귀의(歸依)의 여정을 뜻한다.

우리 모두는 머지않아 사랑과 하나 될 것이다. 무한한 자비로움을 체험할 것이다. 두려움이라고 불리는 가짜에 속아왔던 것을 깨닫는 순간 바로 사랑과 자비의 파장으로 춤출 것이다.

삶을 사랑하라. '그렇기 때문에' 사랑하지 말고, '그럼에도 불구하고' 언제나 사랑하라. 만나는 모든 이와 따뜻한 사랑을 나누라. 사랑할 때 더 많은 사랑이 드러난다.

끌어당김

Wel
Come
DON'T
MY VEZ

알아차림
觀照

세상을
바로 보는 방법

우리의 삶을 가만히 바라보면 끊임없는 선택의 연속이다. 단 한순간도 선택을 멈춘 적이 없다. 선택하지 않으면 세상을 살 수 없을 것 같다. 매 순간 올바른 선택을 하는 것이야말로 우리 삶을 가장 아름답게 가꾸어갈 수 있는 유일한 길처럼 느껴진다. 그러나 거꾸로 선택이 모든 문제의 시작이란 점은 생각지 못한다. 선택이 우리를 괴롭히며 어리석음으로 몰고 간다.

우리는 보다 올바른 선택을 해야 한다고 생각한다. 순간순간 보다 올바른 선택을 위해 온갖 정보를 구하는 것이 아닌가. 그것이 우리가 할 수 있는 최선의 삶이라고 배워왔다. 그러나 모든 배움들을 이제 다 놓아버릴 때가 되었다. 분별과 차별로 인한 '선택'은 삶에 대한 근원적인 대답을 해주지 않는다.

언제나 하나를 선택하면 다른 하나는 선택받지 못한다. 한 가지를 옳

알아차림

다고 선택하면 다른 하나는 선택받지 못하고 만다. 그러면 우리 삶은 둘로 나뉜다. 옳고 그른 것, 맞고 틀린 것으로 나뉜다. 둘로 나뉘면 반드시 하나는 좋고 하나는 싫어진다. 사람들은 보통 좋은 것을 선택하여 내 것으로 가지려 하고 싫은 것은 버려두거나 혐오하고 심지어 파괴하고 죽이려 하지 않는가.

지금까지 우리의 삶을 살펴보면 언제나 동일한 패턴의 반복이 이어진다. 보고 듣고 맛보고 접촉하고 생각하는 모든 것들을 모조리 '좋거나 나쁜 것'으로 나눈 뒤에 좋은 것은 더 가지려 하고, 싫은 것에서는 벗어나려 한다. 좋은 것은 집착하고, 싫은 것은 증오한다. 좋은 것에는 탐심을 일으키고, 싫은 것에는 화를 일으킨다. 대상에 따라 추격자가 될 것인지, 도망자가 될 것인지가 순식간에 결정되는 것이다. 내면의 분별심, 차별심으로 인해 세상은 순식간에 적군과 아군으로 나뉘어 서로 대립하고 싸우는 전쟁터로 바뀌게 된다.

그러나 좋고 싫은 것으로 나누는 것은 삶을 있는 그대로 본 진리의 관점이 아니다. 그것은 마음에 혼란과 분열, 시기와 질투, 대립과 투쟁을 불러올 뿐이다. 그럼에도 불구하고 우리 마음은 더욱더 좋고 싫은 것을 나누게 되고 점점 더 사물을 비뚤어지게 보게 된다. 한쪽으로 치우친 시선으로 보면 있는 그대로 보는 눈을 잃고 만다.

항상 우리의 답변은 둘 중 하나다. 좋거나 싫거나, 옳거나 그르거나. 그러나 어찌 항상 좋을 수만 있고 옳을 수만 있는가. 어찌 항상 싫을 수

날마다 해피엔딩

만 있고 그를 수만 있겠는가. 흔히 “저 사람 어때?” 하고 물으면 그 답
변은 늘 “괜찮아” 혹은 “별로야”이거나, “좋은 사람” 혹은 “나쁜 사
람”이거나 하는 둘 중 하나의 답변이 돌아오곤 한다. 사람이 어떻게 그
런 둘 중 하나의 견해로 규정지어질 수 있단 말인가. 어떻게 한 사람이
전적으로 ‘좋은 사람’이거나 ‘나쁜 사람’이기만 할 수 있단 말인가. 그
런 판단 자체가 그 사람에 대한 온전치 못한 편견을 불러올 뿐이다.

‘나쁜 사람이야’, ‘성격이 별로야’라는 평가를 들었다고 치자. 그러
면 분명 우리 마음에는 그 사람에 대한 ‘나쁘다’, ‘별로다’라는 편견이
자리한다. 그런 치우친 견해로 상대를 판단하게 된다. 상대방이 나에게
호의나 자비를 베풀었더라도 마음속에는 ‘혹시 무언가 또 다른 나쁜
의도가 있지 않을까’ 하고 색안경을 끼고 바라보게 된다. 좀처럼 그 편
견을 깨기란 쉽지 않다. 모든 나눔과 판단, 분별, 선택이란 것은 이와
같다.

좋게 보는 것도 본질적이지 않고 나쁘게 보는 것도 본질적이지 못하
다. 어떤 한 가지를 좋게 보고 나면 모든 것이 좋아진다. 또 한 가지가
나빠지면 모든 것이 싫어진다. 사랑하는 사람은 모든 면이 좋아 보이지
만 한번 미운 사람은 하는 행동마다 미워 보이지 않는가. 좋고 싫은 색
안경이 있는 이상 우리는 사물을 ‘있는 그대로’ 볼 수 없다. 우리 마음
은 더욱더 비뚤어지고 분열될 뿐이다.

보다 본질적으로 세상을 살아가는 방법은 선택하지 않는 일이다. 판

알아차림

단하지 않는 일이다. 선택하지 않고 있는 그대로 보기만 할 수도 있다. 판단하지 말고 있는 그대로를 보기만 하는 것이다. 거기에 그 어떤 해석도, 분별도, 선택도 하지 말라. 그랬을 때 치우침 없는 정견(正見)의 시야가 열린다. 좋고 나쁜 양변에 갇히지 않은 무분별(無分別)의 맑은 견해가 생겨난다.

누가 나에게 욕을 했다고? 시험이나 진급에 떨어졌다고? 아이의 성적이 나쁘다고? 친구에게 배신을 당했다고? 원하지 않는 일이 벌어졌다고? 실패를 했다고? 그것이 뭐 어쨌단 말인가. 그 사실 자체는 좋은 것도 아니고 나쁜 것도 아니다. 다만 내가 그 사실과 상황에 대해 좋고 나쁜 분별을 가져다 붙인 것일 뿐이다.

대그룹 입사 시험에 떨어졌다고 생각해보자. 그 사실은 항상 두 가지를 내포하고 있을 수 있다. 하나는 시험에 떨어져서 그 일을 할 수 없다는 것이고, 또 다른 하나는 시험에 떨어졌기 때문에 또 다른 일을 시작할 수 있다는 것이다. 그 두 가지의 상황 가운데 우리는 보통 전자를 선택함으로써 괴로운 상황으로 몰고 가곤 한다. 그러나 왜 그 선택만을 고집하고 갇혀 있어야 하는가. 보다 창조적이고 주체적이며 긍정적인 사람이라면 시험에 떨어졌다는 사실에 아무런 판단이나 선택도 가하지 않을 것이다. 그것은 단지 둘 중 하나의 상황일 뿐이다. 분명 이렇게 될 수도 있고, 저렇게 될 수도 있었다. 다만 내 스스로 ‘반드시 이렇게 되어야 한다’고, ‘반드시 합격해야 한다’고 고집했을 뿐이다. 그리고 고집

219

알아차림

과 집착이 나를 괴롭히고 있을 뿐이다.

어떤 한 가지 상황에 대해 판단과 해석을 가하지 말라. 분별하고 차별함으로써 어느 하나를 일방적으로 선택하지 말라. 어떤 상황도 전적으로 좋거나 나쁜 것은 아니다. 다만 그 상황에 따라 내 마음이 좋고 나쁜 것이라 선택했을 뿐이다.

실패가 왜 반드시 나쁜 것인가. 그로 인해 더 큰 성공을 할 수 있는 소중한 경험이 되었을 수도, 몇 번의 실패로 인해 내적인 힘이 쌓였을 수도, 과거의 악업을 소멸시킬 수 있는 소중한 인연일 수도, 때로 실패가 훗날 더 큰 성공을 위한 정말 필요한 기초 작업이었을 수도 있다. 어떤 판단도 버리라. 둘 중 어떤 것을 선택하지 말라. 선택 없이 상황 자체를 무분별로 받아들이라. 즐거운 마음으로 삶을 전체적으로 수용하라. 큰 틀에서 삶을 즐기고 누릴 수 있는 여유를 가지라. 그것이 바로 업(業)을 뛰어넘는 길이다. 업에 얽매이지 않고 구속되지 않는 길이다. 악업과 죄업에서 자유로울 수 있는 길이다.

정보의 홍수 속에서
깨어 있으라

하루에도 수많은 매체에서 온갖 다양한 정보들이 쏟아져 나온다. TV, 신문, 라디오, 영화, 드라마, 뉴스, 잡지 등에서 우리는 무수한 정보를 끌어당겨 흡수함으로써 그 정보들을 자기화하고 있다. 내가 접한 정보들은 그냥 흘러 없어지는 것이 아니라 일정 부분 나를 형성시킨다.

부정적인 정보를 많이 흡수했다면 그것이 내 존재의 부정적인 부분을 그만큼 키웠다는 것을 의미한다. 부정적인 정보에 관심을 기울이는 것만으로도 우리는 부정적인 주파수와 파장을 흡수시킨 것이다. 머지않아 부정적인 파장으로 길들여진 내 안의 세포 하나하나가 외부에 있는 부정적인 또 다른 정보들과 공명하고 끌어당겨 결국 인생은 부정적인 일들로 넘쳐나게 될 것이다.

반대로 긍정적인 정보와 사실들을 많이 접하게 되면 저절로 나의 삶이 긍정적인 주파수와 공명을 이루어 점점 삶 속에 긍정적인 일이 일어날 확률이 커진다.

요즘 영화나 드라마를 보라. 폭력성과 잔인성을 보고 있자면 도대체 어디에서 저런 상상력이 나왔는지 도무지 헤아릴 수조차 없다. 이제 어지간한 소재를 가지고서는 사람들의 이목을 끌기 어려운가 보다. 그렇듯 광적이고 무지막지하게 잔인한 장면들을 위해 작가들은 얼마나 많이 고민했던 것일까?

도대체 맨정신으로 저런 장면을 만들어냈다는 것을 상상하기 힘들만큼 정신분열과 강박, 공황으로 얼룩진 참담한 폭력과 살인 등이 넘쳐난다. 고심참담한 세상을 살고 있고 이 세상과 어쩔 수 없이 공명하고 살아야 한다는 사실에 막중한 책임감을 느끼게 된다.

뉴스는 또 어떤가? 왜 '착한 뉴스', '선행 뉴스'가 자주 등장하지 못하는 것일까? 폭력, 기상이변, 전쟁, 살인, 강도, 강간, 부정부패 등 끊임없이 부정적인 뉴스 일변도로 치닫고 있다.

우리는 이렇게 난해한 세상을 살고 있다. 어쩔 수 없이 부정적인 정보에 노출되어 있을 수밖에 없다. 이 세상 속에서 살짝 비켜설 수 있는 지혜가 필요하다. 부정적인 정보를 만들어내는 사람에 대해 욕하고, 미워하며, 비판만 할 것은 아니다.

욕하고 비판하며 증오한다는 것은 오히려 부정적 에너지를 돕는 것에 불과하다. 좋은 쪽으로 폭력성에 열광하든, 나쁜 쪽으로 폭력성을 욕하든 두 가지 모두 결국 우리 안의 폭력성을 일깨운다. 결국은 그 폭력성에 힘을 보태고 있는 것이다. 폭력성은 열광하는 사람의 에너지도 먹고살지만 오히려 미워하는 사람의 에너지를 먹고 덩치를 키우기도 하기 때문이다.

연예인들은 악플을 두려워한다는데, 악플보다 더 두려운 것은 무플이라고 하지 않던가. 악플이라도 있다는 것은 그만큼 그 사람에게 관심이 있다는 것이고, 어떤 방식으로든 에너지, 인기나 유명세가 붙고 있다는 것을 의미한다. 쉽게 말해 폭력성을 좋아할 필요가 없는 것처럼 폭력적인 것을 싫어할 필요도 없는 것이다. 폭력적인 것을 싫어하는 데 에너지를 많이 쏟는다는 것 자체가 폭력적인 것에 그만큼 신경을 많이 쓴다는 것이고 우리가 좋든 나쁘든 중요하게 생각하면 우리 안의 폭력성은 더욱더 비중이 커진다.

폭력성을 과도하게 거부하면 바로 그 상태가 지속되는 것이다. 과도하게 좋아하지도 말고, 과도하게 미워하지도 말라. 우리가 할 수 있는 것은 폭력성, 잔혹성, 퇴폐성, 선정성, 부정성 등을 대상으로 싸우거나 열광하는 양 극단에서 벗어나 살짝 옆으로 비켜서는 것이다.

우리는 폭력성, 잔혹성 등에 대해 좋은 쪽이든 나쁜 쪽이든 관심을 두기보다 오히려 선행, 자비, 사랑, 나눔, 평화, 명상, 영성 등의 아름다운 덕목에 더 많이 관심을 기울이는 방법을 택할 수 있다.

이것은 우리 삶에서 아주 중요한 실천 덕목이다. 부정적인 부분에 대해 아예 우리 안의 스위치를 끄는 것이다. 부정적인 것을 미워하느라

알아차림

에너지를 낭비할 것도 없고, 열광하면서 부정적 에너지를 키울 것도 없다. 다만 부정적인 대상에 대한 우리의 모든 관심을 내려놓는 것이다.

부정적인 영화, 드라마, 정보 들을 많이 접할수록 우리는 바로 그 부정성을 자기화하는 것이고 삶에 끌어들이는 것이다. 반대로 사랑, 나눔, 지혜, 아름다움이 깃든 영화나 드라마, 책, 정보를 보고 들으면 동시에 우리는 삶의 진보, 성찰을 향해 나아가게 된다.

이 자체가 하나의 수행이며, 명상의 행위이고, 삶을 일깨우는 방법이 될 수 있다. 폭력적이고 잔혹성이 깃든 영화를 보면서 재미를 느끼는 대신 우리 내부의 세포와 존재 전체를 부정적 에너지로 물들일 것인가 아니면 사랑스러운 영화를 보면서 평화와 행복을 키워갈 것인가.

잠들기 직전 끔찍한 영화나 잔혹한 뉴스 기사를 보면 잠자는 내내 꿈속에서 악몽에 휩싸인다. 자신의 삶에 책임질 수 있어야 한다. 내가 보고 접하는 것이 바로 나를 형성한다는 것을 안다면 무분별하게 보고 들을 수는 없을 것이다.

오감으로 받아들이는 세상 모든 것들이 바로 우리를 형성해간다는 점을 잊지 말라. 부정적인 정보에 노출되는 순간 이미 내 의지와는 상관없이 내 안의 잠재의식과 세포, 업은 부정적 에너지와 하나가 되고 있는 것임을 잊지 말라. 부정적인 정보들에 마음을 빼앗기지 말고 긍정적인 정보를 받아들이라.

알아차림

보디 메이트,
내 안에 누군가가 산다

인도를 순례하다가 불교 성지의 사원에서 30대 중반쯤 되어 보이는 한국 남자분을 우연히 만나 며칠 동안 동행한 적이 있다. 처음에는 한국인을 만난 반가운 마음에 밤새도록 이야기를 나누었는데 하루 이틀이 지나자 점차 단점들이 보이기 시작했다.

다름 아니라 말이 많다는 점인데 적당히 많은 정도가 아니라 하루 종일 옆에서 한숨도 쉬지 않고 말을 하는 것이다. 인도 성지를 돌아보며 감상을 할라치면 어김없이 곁에서 하나하나 중계방송을 해주는 게 아닌가. 그것도 자신의 생각을 개입시켜서는 저것이 옳으니 그르니 하면서 한숨도 쉬지 않고 입과 생각이 분주하게 들썩거리곤 했다.

이런 벗과 24시간을 함께해야 한다면 어떻겠는가? 아니 이런 친구와 평생을 함께 살면서 끝도 없는 소리의 홍수를 온몸으로 받아내야 한다면 또 어떨까? 생각만 해도 아찔하지 않은가? 아마도 많은 사람들은 참

날마다 해피엔딩

다못해 폭발해버리든지 한바탕 그 친구와 싸움도 불사할지 모른다.

그런데 가만히 생각해보자. 여기 당신이 우려하던 바로 그 상황이 놓여 있다. 우리는 사실 끊임없이 떠들고, 재잘대고, 수다를 떨며 단 한순간도 가만있지 못하는 정신없는 그런 친구와 함께 살고 있다. 그것도 일평생을, 매 순간을 그와 함께 살고 있다. 함께 한 방을 쓰는 룸메이트 정도가 아니라 나와 한 몸을 함께 쓰고 있는 보디 메이트가 내 안에 있는 것이다.

그 친구가 누굴까? 그 친구는 바로 우리 안에 있는 '생각'이다. 우리 내면에서 끊임없이 올라오는 목소리다. 이 생각은 도무지 조용히 하려 들지 않는다. 단 한순간도 고요히 있지 못하고 떠들어댄다. 아무런 의미 없는 소리를 계속해서 불쑥불쑥 내던진다. 심지어 참선을 하기 위해 가부좌를 틀고 선방이나 명상센터에 앉아 있는 순간에조차 어김없이 생각은 의지를 무참히 짓밟고 올라온다. 생각이라는 내면의 소리는 우리가 대면하게 되는 모든 세상을 끊임없이 설명한다.

흡사 야구나 축구 중계방송을 보고 있는 듯 우리 내면에는 이 세상의 현실을 하나하나 짚어가며 세세히 설명해주는 현실 캐스터, 중계 해설가가 끊임없이 활동하고 있다. 운동경기 중계방송을 보면 어떤가. 캐스터와 해설가는 한순간도 쉬지 않고 경기 내내 말한다. 아니 마치 한순간도 침묵이 있으면 안 되는 것처럼 끊임없이 우리가 보는 경기의 모든 장면을 실시간으로 해설해준다.

바로 우리가 살고 있는 삶의 현장이 마치 중요한 운동경기의 한 장면이라도 되는 듯 생각이라는 목소리는 끊임없이 매 순간의 현실들을 하나하나 해설해주곤 한다.

그런데 더 당황스러운 것 한 가지는 내면의 목소리가 해주는 중계 해설이 그다지 믿을 만하지 못하다는 점이다. 그 생각이라는 내면의 소리는 '있는 그대로의 세계를 있는 그대로 보고' 말하는 것이 아니라 자기 내면의 판단, 가치관, 기억 등에 걸러서 자기 식대로 해설하는 습성이 있다. 외부 세계를 있는 그대로 해설해주는 것이 아니라 완전히 오판해서 해석하며, 자기 틀에 갇혀서 판단하고, 때때로 전혀 다른 해설로 사람을 곤혹스럽게 만드는 것도 다반사다. 거의 모든 생각들이 뜬금없고, 논리도 없으며, 체계적이지도 않아서 불쑥불쑥 튀어나오기 일쑤다.

현대 신경과학자들도 이 '해석자'의 존재를 인정하는데, 그들은 해석자가 뇌의 왼쪽 대뇌반구에 있는 것으로 진실을 왜곡하며 신뢰하기 힘든 특성이 있다고 밝히고 있다. 신경과학자 안토니오 다마지오(Antonio Damasio)는 "인간의 왼쪽 대뇌반구는 진실과 일치하지 않을 수 있는 이야기를 꾸며내는 경향이 있다"고 말한다.

신경생리학자 칼 프리브램(Karl Pribram)은 원숭이가 받아들이는 시각 정보가 시각피질로 바로 보내지는 게 아니라 두뇌의 다른 영역을 거쳐 일단 여과된다는 사실을 발견했는데 이는 인간도 마찬가지임이 증명되었다. 심지어 어떤 연구에서는 우리가 보는 내용의 50퍼센트 이상

날마다 해피엔딩

알아차림

은 실제로 눈으로 들어온 정보에 근거한 것이 아니라 우리의 생각과 바람, 기대로부터 짜깁기되는 것이라고 밝혔다. 이 말은 우리가 어떤 현실을 눈으로 분명히 보면서 말하는 바로 그 순간에조차 사실은 반 이상이 왜곡된 정보라는 것을 말해준다.

이처럼 생각이라는 목소리는 우리 내부에 있던 모든 관념, 경험, 편견 등과 뒤섞인 채 한없이 왜곡된 설명만을 늘어놓고 있는 것이다. 그 말에는 근거도, 논리도, 맥락도 없으며 그냥 마구 지껄여댄다는 표현이 더 맞을 정도다.

어느 날 남편이 밤늦도록 안 들어오고 전화도 안 받으면 내면의 목소리는 말한다.

'남편이 왜 이리 늦지? 사고라도 난 거 아니야? 전화 배터리가 나갔겠지. 아니야, 그러면 빌려서라도 전화할 텐데. 술 잔뜩 먹고 취해서 오다가 길에서 쓰러져 자나? 쓰러진 남편이 차에 치이기라도 하면 어쩌지? 혹시 다른 여자하고 바람피우는 거 아니야? 에이 설마, 그럴 위인도 못돼. 그러면 왜 이리 늦는 거지? 무슨 일이 일어난 걸까? 아, 몰라 복잡해.'

그냥 있는 그대로의 현실은 남편이 그저 늦게 오는 것일 뿐이다. 분명한 진실은 단순하게 늦고 있다는 사실 하나다. 그런데도 불구하고 우리 내면의 생각은 끊임없이 속삭이며 남편을 살리고 죽이기를 반복한다. 교통사고부터 바람피우는 사람으로까지 생각이 일어날 때 우리 심장은 두근두근 발작을 일으키곤 한다.

우리는 있는 그대로의 현실을 있는 그대로 보지 못하고 끊임없이 내 안에 있던 과거의 경험과 편견 등을 덮어씌운 채 내 식대로 왜곡해서 괴로움을 만들어내고 있는 것이다. 즉, 우리가 경험하는 것은 '있는 그대로의 진짜 현실'이 아니라 '내 식대로 해석하고 왜곡한 자기만의 가짜 현실'인 셈이다. 도대체 생각은 왜 가짜 현실을 만들어내서 우리를 괴롭히는 것일까? 그것은 거짓된 이야기를 지어냄으로써 자기가 자신을 완전히 통제하고 있다고 생각하는 것이다. 자기가 만든 세계에 일관성을 유지하기 위해서는 끊임없이 거짓된 노력을 할 수밖에 없는 것이다.

우리는 밖에 있는 현실 세계를 내 맘대로 통제할 수 없다. 세상의 일들은 도무지 마음대로 되지 않는다. 그러나 내 안에 있는 마음은 통제가 쉽다고 느끼는 것이다. '나'라는 존재감의 확장을 경험하게 되고 이 세상에서 나의 힘을 드러낼 수 있다고 느끼는 것이다. 그러나 그것은 세상을 통제하는 것이 아니다. 그것은 고작 내가 만들어낸 상상 속의 세상을, 즉 신기루 같은 세상의 가짜 모조품을 통제하는 것일 뿐이다. 사실은 내가 만든 세상조차 내 스스로 통제할 수가 없다. 바깥세상보다 조금 더 쉽다고 느끼는 것일 뿐이다.

이렇게 보았을 때 우리에게 생겨나는 모든 문제는 사실 실제적인 문제가 아니라 생각이 만들어낸 거짓된 구조물이요, 마음의 헛된 소란일 뿐이다. 세상은 아무런 문제가 없다. 가만히 있는 세상을 대상으로 내 안에서 끊임없이 시비를 걸고 스스로 괴로워하며 생을 허망하게 보내고 있는 것일 뿐이다.

그러면 어떻게 해야 할까? 어떻게 해야 내면의 생각이라는 목소리가 만들어내는 허망한 조작과 소란스런 창조 작업을 중지시킬 수 있을까? 그 해답은 아주 단순하다. 내면에서 끊임없이 올라오는 그 목소리를 무시하면 된다. 신경 쓰지 말고, 마음 쓰지 않는 것이다. 그러기 위해서는 끊임없이 조잘대는 생각을 한 발짝 떨어진 뒤에서 지켜볼 수 있어야 한다.

내면에서 올라오는 목소리를 있는 그대로 지켜보면 과연 어떤 일이 일어날까? 고요히 앉아 내면에서 올라오는 생각을 지켜보면 그 소리는 힘을 잃는다. 점차 말을 잃고 침묵한다. 다른 것을 할 필요는 없다. 올라오는 생각을 올라오지 않게 하려고 애쓸 필요도, 그것을 대상으로 싸워 이기려 할 것도 없다. 마음이 고요해지지 않는다고 괴로워할 것도 없다. 우리가 할 수 있는 최선의 길은 다만 분별하지 않고 지켜보는 것이다. 지켜봄으로써 생각과 생각 사이에 빈 공간이 생겨나고, 그 공간이 점점 더 늘어나면 내면은 점차 고요함과 사랑, 번뜩이는 지혜로 물결치게 될 것이다.

화를 다스리는
명상법

하루에도 수십 수백 번씩 우리의 마음은 일어났다 사라지기를 반복
한다. 인연 따라 어떤 때는 화가 나기도 하고, 인연이 다하면 화가 사라
지기도 한다. 또 상황에 따라 불같은 욕심이 치솟기도 하고 질투심, 고
민, 집착, 증오, 사랑 등 수많은 감정이 일어나고 사라지기를 반복한다.
하기야 우리의 인생이란 것이 감정적 기복의 연장이 아닌가. 그런데 그
마음은 혼자서 독자적으로 일어나고 사라지는 것이 아니다. 절대 홀로
일어나는 법은 없다. 그럴 만한 인연, 상황이 생겨야 마음이 일어난다.
　친구가 별일도 아닌 것을 가지고 욕을 해서 화가 났다고 생각해보자.
혹은 직장 상사가 "이런 일 하나 제대로 못 해?" 하며 사람들 앞에서 화
를 냈다고 생각해보자. 그 순간 욱하고 올라오는 화를 조금 예민하게
살펴보자. 친구가 욕을 하는 순간 직장 상사가 사람들 앞에서 무안을
주는 순간 그 마음을 조금 깊이 있게 지켜보자. 욕을 얻어먹는 순간은

234

날마다 해피엔딩

어떤가. 그 순간 내가 있는가? 그 순간 욕을 얻어먹는 내가 있는가? 욕
을 얻어먹는 바로 그 순간 '나'는 없다. 그 순간에는 오직 '화'만 존재
한다.

생각할 것도 없이 맹목적이고 본능적으로 '화'가 올라온다. 그것은
아주 자연스러운 것이다. 이 세상 모든 것은 인연법이라는 이치에 따라
움직이기 때문에 인연이 생기면 그에 상응하는 것이 뒤따른다. 욕을 하
는데도 화가 나지 않는 사람이 있는가? 아무리 성숙하고 점잖고 수행력
이 있는 사람일지라도 대뜸 욕을 듣는다면 당장에 화가 올라오지 않는
사람은 없을 것이다. 그것은 몽둥이로 한 대 얻어맞으면 자연스럽게 그
부분이 아픈 것하고 다를 바 없다. 아픈 것이 자연스럽다.

욕을 얻어먹으면 화가 올라오는 것은 전혀 문제될 것이 없다. '나는
왜 이렇게 화를 잘 내지?' 하고 괴로워할 일도 아니다. 인연이 서로 화
합하여 접촉하는 순간에는 '나'라는 관념이 사라지고 '나'라는 관념이
생길 것도 없이 저절로 '화'라는 것이 튀어나오는 것이다.

지금 여기까지 문제될 것이 무엇이 있는가? 오히려 욕을 얻어먹고도
화가 안 일어나거나 때리는데도 아프지 않다면 그것이 오히려 문제다.
욕을 얻어먹고 화가 난다는 것은 아주 자연스럽고 지극히 정상적인 사
람이라는 반증이다. 그것은 자연의 변화라는 흐름에 따라 구름이 생겼
다가 소멸하는 것과 무엇이 다른가. 봄이 오면 꽃이 피고, 여름이 오면
숲이 우거지고, 가을이면 열매를 맺거나 단풍으로 떨어지고, 겨울이 되

면 앙상한 가지로 남는 이 자연스러운 변화와 무엇이 다른가. 인간도 자연의 일부이기에 자연스러운 변화가 끊임없이 계속될 수밖에 없다. 이처럼 지금까지는 아무런 문제가 없다.

그런데 문제는 바로 이다음 순간부터 생기기 시작한다. 욕을 얻어먹는 순간 화가 났다면 거기에는 문제될 것이 아무것도 없다. 그런데 사람들은 자연스럽고도 당연한 결과에 시비를 건다. 즉, 그 순간에 아상을 개입시키는 것이다. 바로 직전까지만 해도 '화'만 있었지 거기에 '나'는 없었다. 그저 '화'가 났을 뿐이다. 그런데 사람들은 이 화에 '나'를 개입시키기 시작한다. 그저 인연 따라 자연스럽게 일어난 '화'를 자기화하기 시작하는 것이다. 즉, '나는 화가 났다', '나는 너 때문에 화가 났다', '네가 나를 화나게 해?', '네가 나에게 욕을 해?' 하고 거기에 '나'를 개입시키기 시작하는 것이다.

현실은 단순히 잘못된 것을 잘못되었다고 나무란 것이지만 비판받은 사람의 마음에서는 '나'가 개입되면서 일이 커지는 것이다.

'부하나 동료 직원들 보는 앞에서 나를 무시하다니. 동료들 앞에서 이게 무슨 망신이람. 고개를 못 들고 다니겠네. 다른 사람에게는 관대하면서 왜 하필 내게만 이러는 거지. 다른 후배나 동료들이 나를 어떻게 볼까? 우습게 보겠지. 저 사람은 왜 나를 이렇게 싫어하는 거지? 더러워서 못 해먹겠네. 차라리 회사를 그만둘까.'

단순히 살펴보자면 그저 한 사람이 다른 한 사람의 잘못을 나무란 것이고 그 인연 따라 자연스럽게 화가 난 것이다. 그러나 거기에 순식간에 '나'가 개입되면서 단순한 현실이 하나하나 덩치를 키우게 된다. 단순한 지적이 순식간에 무시가 되고, 망신이 되며, 나를 미워하는 것으로 바뀌다가 급기야는 퇴직으로까지 이어지는 것이다.

하나의 자연현상인 '화'가 나의 감정, 즉 '나의 화'로 바뀌게 되면서부터 그 '화'는 객관적이고 자연스런 것이 아니라 나를 괴롭히는 것이 되기 시작한다. 나를 완전히 뒤덮고 장악하며 휘감는다. 그러면서 연이어 그 '화'에 '내 생각'을 덧붙이기 시작한 것이다. 물론 그 생각들은 아주 미세하고 순식간에 지나가는 생각일지 모른다. 그러나 그 생각들의 이면에는 분명 '나'라는 아상이 개입되어 있다.

이제 그 '화'는 자연스러운 것이 아니다. 그 '화'는 '내 화'가 되어버렸다. '욕을 얻어먹은 나', '남들 앞에서 우습게 되어버린 나', '망신당한 나', '무시당하는 나' 등 수많은 '나'가 생겨나게 된다. 이제 조금 전과는 전혀 다른 상황이 되어버렸다. 조금 전 상황, 즉 '나'가 개입되기 이전 오직 '화'라는 것만이 있던 상황에서는 아무런 문제가 없었다. 그런데 거기에 '나'가 개입되면서 그것은 '괴로운' 일이 되어버렸다. 이제 나는 그 화로 인해 괴롭고 답답하다.

만약 처음 '화'가 일어났던 그때 '나'를 개입시키지 않고 다만 '화'를 자연스러운 것으로 내버려 두고 다만 바라보기만 했다면 어떤 일이 벌어졌을까? 화는 인연 따라 자연스럽게 일어났기 때문에 가만히 내버려

알아차림

두면 스스로 타오를 만큼 타올랐다가 인연이 다하면 저절로 소멸되었을 것이다. 마치 인연 따라 자연스럽게 구름이 일어나고 저절로 구름이 짙어져 먹구름으로 변했다가 인연이 다하면 저절로 비로 내려 대지를 적시는 것과 같다. 그것은 아주 자연스러운 자연의 이치다. 우리 몸 또한 자연이기 때문에 자연의 이치를 따른다. 그저 내버려 두고 가만히 지켜보기만 하면 꽃이 피었다가 사라지듯이 스스로 소멸되었을 것이다.

'화'를 '내 것'으로 붙잡지 말라. 거기에 '나'를 개입시키는 순간 '내 생각', '내 분별' 들이 꼬리에 꼬리를 물고 달려들 것이다. 연이어 불같은 감정, 말, 행동을 시작하게 될 것이다. 욕을 얻어먹음으로써 자연스럽게 화가 일어났다면 다만 내버려 두고 지켜보기만 하라. 마치 내 일이 아닌 것처럼 그저 영화나 드라마를 보듯 그냥 순수하게 지켜보기만 하라. 거기에 해석이나 판단, 분석, 생각, 아상을 개입시키지 말라. 상대방의 행동에 어떤 판단이나 해석을 하지 말고 내 화에 어떤 도덕적 판단이나 분별, 구분을 가져오지 말라. 눈앞의 현상을 있는 그대로만 보되 온갖 생각으로 살을 덧붙이거나 덩치를 키우지 말라.

'나'와 '화'를 구분하지 말라. 관찰자와 관찰되는 대상을 나누지 말라. 다만 바라보는 것, 그것이 되라. '화'가 났다면 그저 '화', 그것이 되는 것이다. '나'와 '화'를 구분하고 차별하는 순간 불난 집에 기름을 붓듯 그 화는 생명력을 얻게 될 것이고, 나는 그 화의 불길에 사로잡히고 말 것이다.

알아차림

　불교의 가르침은 무아(無我), 즉 ‘나는 없다’는 것이다. 단지 인연 따라 ‘화’가 났을 뿐이지 거기에 ‘나’는 없다. 그저 ‘화’가 있을 뿐이다. 거기에 화난 나는 없다. 내 스스로 ‘내가 화났다’라고 해석하고 판단하는 바로 그것이 ‘없는 나’를 실체적인 ‘있는 나’로 만드는 것일 뿐이다. 나를 실체화하게 되는 것이 모든 문제의 시작이다. 없는 것을 있다고 생각하니 문제가 커지고 만다.

　화는 중립이다. 좋고 나쁜 것이 아니다. 그저 자연스러운 것이다. 사실은 ‘화나는 상황’이 있을 뿐이지 ‘화’는 없다. 괴로움도 중립이다. 사실은 괴로움이라는 것도 이름 붙인 것에 불과하지 그것도 괴로운 상황일 뿐이다. 다만 ‘괴로운 상황’이 있을 뿐 ‘괴로움’은 없다. 마찬가지로 ‘괴로운 상황’이 있을 뿐이지 ‘괴로운 나’는 없다. 괴로움이라는 것도, 괴로운 나라는 것도, 화라는 것도, 화를 내는 나도 실제로 존재하는 것이 아니다. 다만 내가 실체로 착각하고 해석할 뿐이다. ‘나’를 개입시키지 않고 다만 있는 그대로 자연스럽게 놓아두고 그저 바라보기만 하면 ‘문제’는 없다.

　이처럼 다만 ‘화’가 일어난 그 연기적 인과성, 즉 연기적 상황을 있는 그대로 볼 뿐 거기에 어떤 판단이나 해석을 가하지 않는 것이 수행이요, 명상이요, 화를 다스리는 선(禪)적 방법이다.

날마다 해피엔딩

자연과 일상에서
멈추는 명상

화창한 오후 하늘에 몽실몽실 떠가는 구름이 아름답다. 바다색은 너무도 짙고, 고개 들어 산을 바라보면 희끗희끗 눈 덮인 산맥이 성스럽다. 청명한 하늘 위로 자유로이 갈매기 떼가 날고 있다.

이곳에서의 삶은 하루하루가 여행이며 만행이다. 매 순간이 휴가이자 휴식이다. 시선 가는 곳마다 영적이고 고요하며 신비롭고도 경이롭다. 그 어떤 단어로도 설명되지 않는, 꽉 찬 공간이 느껴진다.

나는 매 순간 이렇게 아름다운 곳에 내가 발 딛고 살아가고 있음에, 매일 흙냄새 맡으며 바닷바람과 함께 포구를 거닐 수 있음에 감사한다.

휴가나 여행이라는 단어는 우리에게 쉼, 설렘, 떠남, 평안 등 아주 특별한 상황을 떠올리게 하는데 단순히 몸이 떠나 있는 상태를 의미하기보다는 마음의 상태를 의미하는 것이 아닌가 하는 생각이 든다.

매일 우리는 잠시 멈춤으로써 휴가와 여행을 경험해볼 수도 있다. 길

알아차림

날마다 해피엔딩

위의 모든 존재에게 따뜻한 사랑의 눈빛을 보내며 묵연히 걸을 때 이 모든 존재와 하나 됨을 경험할 수 있다.

아무리 바쁜 일이 있더라도 잠시 고개를 들어 저 멀리 솟아오른 눈 덮인 설악의 산맥을 보고 있으면 어느덧 히말라야 깊은 산 위를 걷고 있는 나를 발견한다.

잠시 호흡에 마음을 모으고 맑고 시린 공기를 깊숙이 품어 안았다가 내보내는 데 주의를 기울이는 순간 나는 어느덧 2,500년 전 영산회상 한 켠에 앉아 있는 성스러운 제자들 중 한 사람이 되어 있곤 한다.

컴퓨터 모니터를 주시하다가도 잠시 고개를 돌려 창밖을 바라보는 순간 이곳은 익숙한 일터이거나 생존경쟁의 장이 아닌 호젓한 여행자가 머무는 인도의 시골 마을의 고즈넉한 게스트하우스가 된다.

우리는 언제나 자신이 처해 있는 바로 그 자리를 휴식처로, 여행지로 바꿀 수 있다. 본래 삶이란 고요하고 신선한 쉼이었고, 여행이었으며, 휴가였다는 사실을 깨달을 수 있다.

그것은 어려운 일이 아니다. 아주 단순하고도 간단하다. 그저 잠시 하던 일을 멈추고 고개를 들어 하늘과 구름을 바라보기만 하면 된다. 바삐 가던 길을 멈추고 잠시 고개를 돌려 길가에 피어난 꽃을 바라보기만 하면 된다.

책이나, 신문을 읽다가도 잠시 멈추고 호흡의 들고 남을 느끼는 것만으로도 충분하다. 행여 TV에 정신이 팔려 있었더라도 잠깐 끄고 텅 빈

알아차림

벽을 주시하며 내면의 움직임을 관찰해볼 수도 있다.

하루 일과나 반복되는 일상 가운데 단 10초라도 좋다. 몸과 말, 생각으로 행하던 모든 행위를 잠시 비우고 멈추라. 아주 낯설고 텅 빈 시선으로 내면을 가만히 바라볼 수 있다면 그것으로 충분하다. 바로 그 '멈춤'의 순간 신의 사랑과 축복이 깃들고 부처님과 모든 성인의 깨어 있음이 바로 그 자리에서 함께한다.

바쁜 가운데 절이나 선방에 찾아가서 가부좌 트는 법을 배우려고 애쓰지 않아도 된다. 아주 잠깐, 평범한 일상 속에서 참선과 명상을 배울 수 있다. 이것을 참선이나 명상이라고 애써 이름 짓지 않아도 된다. 그것은 텅 빈 순수 그 자체이고 깨어남이다.

잠깐 고개를 들어 하늘을 바라보는 순간이 바로 휴가이고, 잠깐 숲으로 난 길을 걷는 순간이 여행이고, 잠깐 생각을 멈추고 호흡을 지켜보는 순간이 명상이며, 잠깐 앙상한 겨울 나뭇가지를 바라보는 순간이 바로 깨어남이고, 잠깐 동료와 가족을 편견 없이 마음을 비우고 새롭게 바라볼 때가 바로 사랑이다. 일상에서 잠시 멈추고 바라볼 때 우리는 지금 이 자리가 완전한 때임을 깨닫게 된다.

명상은 거창한 것이 아니다. 수행은 근기가 높은 특별한 사람만의 전유물이 아니다. 깨달음을 너무 어렵게 생각할 필요는 없다. 다만 매 순간 일상에서 잠시 멈추고 바라보는 시간을 가지는 것만으로도 충분하다. 아주 간단하고 쉽지만 매우 강력한 힘을 가지고 있다. 사실은 '지금

날마다 해피엔딩

여기'라는 곳이야말로 모든 힘의 원천이기 때문이다.

또 나라는 존재야말로 완전하고도 무한한 힘의 원천이다. 본래 있었던 힘과 지혜, 사랑이 없다고 착각하고 살다가 '멈춤'과 '봄'을 통해 되찾게 되는 것이다.

본래의 자리로 되돌아가는 것이다.

감사와 사랑의
호흡 명상

이 세상 모든 것은 서로 연결되어 있다. 단순히 연결되어 있기만 한 것이 아니라 그 관계 속에서 깊고도 따뜻한 자비로써 서로를 돕고 사랑을 나누고 있다. 이른 봄에 피는 꽃 한 송이조차 홀로 피는 것이 아니라 우주의 모든 존재가 참여해서 도운 것이다. 우리가 먹는 쌀 한 톨조차 그 안에는 무수히 많은 생명과 자연 만물의 도움과 참여가 있지 않고는 불가능하다.

이것을 불교에서는 연기(緣起)라는 말로 표현한다. 세상 모든 것들은 서로 연결되어 일어난다는 뜻으로 모든 존재의 상의상관성을 의미하고 있다. 즉, 이 세상 모든 것이 서로 연결되어 있으며 홀로 일어나는 것이 아니라 수많은 인연들이 화합함으로써 연하여 일어난다는 세상의 법칙을 말한다. 어떤 일이 일어난다면 그것은 이 우주의 장엄한 동참에 의해서 일어난다는 것이다.

그 연결성의 이면에는 따뜻한 자비와 사랑이 바탕에 깔려 있다. 자비와 사랑이라는 단어는 그저 단순히 교리적이거나 율법적인 언어가 아니다. 그것은 '진실'이며 '진리' 그 자체다. 세상의 토대로 존재하는 것이 바로 '자비'이며 모든 존재의 깊은 차원의 내면에 다다랐을 때 결국 만나게 되는 정점이 바로 '사랑'이다.

그렇다면 어떤가. 우리는 과연 우주의 자비로운 도움에 어떤 마음을 가져야 할까? 우리는 지금까지 우주의 크고 작은 도움들을 아주 당연하게 생각하면서 살아온 것은 아닌가. 무한한 자비와 사랑의 도움에 감사하며 살기는커녕 오히려 더 많은 도움을 주지 않는다며 탓하고 미워하고 원망만 하며 살아오지는 않았는가?

여기서 우리가 반드시 짚어보아야 할 아주 중요한 삶의 핵심 키워드가 있다. 무한한 자비와 사랑으로 우주를 통해 우리를 무한히 살려주는 것이 진리의 방식이라면 우주의 진리를 깨닫고 합일하여 하나 되는 삶을 사는 근원적인 힘은 바로 '감사'에 있다는 점이다.

내게 주어진 삶과 나라는 존재, 지금 나에게 갖추어진 상황과 조건에 대해 수용하고 모든 것들에 대해 대 긍정의 '감사'의 에너지를 내보내라. 그것이 우주의 크나큰 도움에 보답하는 길이다. 감사한다는 것은 우주 법계가 나를 돕고 있다는 사실을 완전히 받아들이고, 그 우주의 도움이 나에게 와 닿을 수 있도록 마음의 문을 활짝 열어두는 것이다.

그리고 감사에는 중요한 명상의 덕목이 있다. 감사할 때 우리는 '지금 여기'에 있게 된다는 점이다. 우리의 마음은 지금 이 순간에 만족하고 감사하며 살기보다는 보다 더 나은 미래를 꿈꾼다. 끊임없는 목표 설정과 미래를 향한 질주는 우리의 더 많은 욕망을 부추김으로써 현실을 고통스럽게 만든다. 그러나 '감사합니다'라고 외치는 순간 우리는 곧 '지금 이 순간'이라는 본질적인 자리로 돌아와 휴식을 취하게 된다. 감사한다는 말은 완전히 지금 이 순간을 받아들인다는 말이고 대 긍정의 만족을 넘어서는 것이다. 감사할 때 모든 명상과 수행의 핵심인 '지금 이 순간'으로의 현존, 깨어 있음이 가능해지는 것이다.

방법은 간단하다. 모든 것에 대해 감사하라. 만나는 모든 존재, 사람, 상황에 대해 감사한 마음을 느끼라. 그것이 어렵다면 '감사'를 외치라. '감사합니다' 하고 말하라. 평소에는 당연하게 생각했던 모든 상황을 새롭고 감사한 상황으로 바꾸라.

진언을 외듯이 '감사합니다'라는 말을 하루에 100번에서 1,000번 정도 반복해 외워보라. '감사합니다'라는 말을 할 수 있는 모든 순간, 모든 상황에서 외치라. 이 작은 외침, 이 단순한 언어가 우리의 삶을 얼마나 경이롭게 바꾸어줄 것인지는 이제부터 경험하게 될 것이다.

아침에 잠자리에서 깨어나는 순간 '감사합니다'라고 말하라. 모든 상황에 '감사합니다', 어떤 사람을 만나더라도 '감사합니다', 심지어 나를 욕하고 비난하는 사람에게도 '감사합니다'라고 말하라. 최악의 상황에 처하더라도 언제나 계산하거나 따지지 말고 '감사합니다'라고 말하라.

도저히 '감사합니다'라는 말이 나오지 않는 상황이나 증오하고 미워하는 원수에게도 '감사합니다'라고 말하라.

　왜 항상 감사해야 할까? 그것은 바로 사랑과 자비에 바탕을 두고 있기 때문이다. 모든 종교와 사상, 성자와 현자들의 가르침에도 사랑과 자비를 가르침의 근원적 원리로 이야기한다. 우주의 바탕과 근원을 이루는 에너지는 끊임없이 넘쳐흐르는 자비와 사랑의 에너지 파장에 있다. 우리가 우주의 진리를 깨닫고 우주적인 삶의 방식과 조화를 이루고자 한다면 우리도 사랑과 자비를 실천해야 한다.

　불교에서도 수행을 통해 해탈이라는 깨달음에 이르는 것을 목적으로 하고 있는데 깨달아야 하는 이유가 바로 일체 중생을 자비와 사랑으로써 구제해주어야 하기 때문이다. 즉, 깨달음이 아니라 중생구제라는 대자비심이 우선이다.

　《금강경》에서도 "어떻게 살아야 하며 어떻게 마음을 다스려야 합니까?"라는 수보리의 질문에 "존재하는 일체 모든 구류중생들을 열반에 이르게 하리라 하고 마음을 내야 한다"고 말하고 있다. 즉, 일체 중생을 참된 행복과 평화인 열반으로 이끄는 것이야말로 우리가 수행을 하고, 마음을 다스리는 이유인 것이다. 결국 부처는 자비 그 자체이고, 신은 사랑 그 자체이다. 부처가 되고 싶다면, 신에게 가까이 가고 싶다면 우리가 할 수 있는 일은 오직 자비와 사랑을 나누는 것밖에 없다.

사랑과 자비심을 연습하는 것이야말로 삶에서 가장 중요한 핵심적 진리이다.

《숫타니파타》에서도 자비의 중요성을 간파하여 자비심을 연습하는 수행법으로 자비관(慈悲觀)을 말하고 있다.

"수행자는 세상을 향해 이렇게 외쳐야 한다. 살아 있는 모든 것은 다 행복하라, 평안하라, 안락하라. 어떤 생물일지라도, 강하거나 약하거나 가까이 있거나 멀리 있거나 태어났거나 앞으로 태어날 것이나 살아 있는 모든 것은 다 행복하라, 평안하라, 안락하라. 마치 어머니가 목숨을 걸고 자식을 지키듯이 살아 있는 모든 것에 대해서 한량없는 자비심을 발하라. 온 세계에 대해서 무한한 자비를 행하라."

이것이 바로 자비와 사랑을 연습하는 오랜 방법이다. 이 세상 모든 존재를 향해 '행복하라, 안락하라, 평안하라' 하고 외치는 것이다. 세상을 향해, 모든 존재를 향해 자비심을 연습하는 것이다.

이 오랜 자비관을 삶 속에서 연습하고 실천하는 아주 쉬운 방법이 있으니 그것은 바로 '사랑합니다' 라고 외치는 것이다. 살아 있는 모든 존재에게 '사랑합니다' 라고 외쳐보라. 어머니가 자식을 바라보는 마음으로 온 우주를 향해 '사랑합니다'라고 외치라.

'감사합니다'라고 말하는 것처럼 '사랑합니다'라고 말하는 것이다. 모든 상황에, 모든 사람에게, 눈뜨고 있는 모든 순간에 '감사합니다', '사랑합니다'라는 진리의 파동을 내보내라. 이 두 가지 언어야말로 우

알아차림

주의 진리를 우리 삶의 한복판으로 끌어당기는 특별한 에너지를 가진 참된 말, 진언(眞言)이다.

이 특별한 에너지를 가진 진리의 언어를 매일 매 순간 염불하듯 독송해나간다면 우리의 삶은 경이로운 변화를 시작하게 될 것이다. 감사할 일들이 넘쳐나고, 세상은 사랑으로 물들 것이다.

우주의 법칙에서 중요한 것은 보내는 것대로 받는다는 점에 있다. 나에게서 나간 것을 고스란히 받게 되는 업보의 원리요, 《시크릿》에서 말하는 끌어당김의 법칙이다. 마찬가지로 감사를 내보내면 감사할 일들이 넘쳐나고, 사랑을 내보내면 사랑할 일들이 많아진다. 감사와 사랑이 한없이 나를 향해 파도쳐 들어오는 삶을 상상해보라. 그 삶이 바로 정토(淨土)이고 하느님의 나라이며 천상계가 아니겠는가.

우주의 근원적인 진리의 에너지 파장을 담고 있는 핵심적인 언어인 '감사'와 '사랑'의 진언을 명상과 연결 지어 쉽게 실천할 수 있는 아름다운 방법이 있다. 그것은 바로 '호흡관(呼吸觀, anapanasati)', 호흡 명상이다. 불교뿐 아니라 동서고금을 막론하고 전통적인 수행법으로 인정받아온 호흡관에 감사와 사랑의 진언을 연결시키는 방법이다.

호흡관이란 호흡이 들어오고 나가는 것을 관찰함으로써 마음을 호흡에 모아 집중하고 관찰하는 명상법이다. 들어오고 나가는 호흡을 알아차림으로써 온갖 망상과 번뇌를 비우고, 탐내고 성내고 어리석은 '탐

날마다 해피엔딩

진치 삼독'을 비우고 지금 이 순간이라는 현재에 깨어 있는 수행법이다. 호흡은 오직 '지금 여기'에서의 일이며 과거나 미래의 일이 아니다. 호흡을 관찰함으로써 우리는 끊임없이 과거나 미래로 향하는 마음을 다스려 지금 이 순간이라는 본질로 연결될 수 있다.

호흡은 언제나 자연스럽게 우리 삶과 연결되어 있다. 살아 있는 동안은 언제나 호흡과 함께하기 때문에 생을 마친다는 의미는 곧 호흡이 멈춘다는 것을 뜻한다. 자연스럽게 삶과 연결되어 있는 생명의 원리인 호흡에 의식의 빛을 쏘아줌으로써 깨어 있는 마음으로 호흡을 알아차리는 것이다. 바로 수천 년을 이어온 수행의 전통인 호흡관에 감사와 사랑의 진언을 연결시키는 수행법, 그것이 바로 '감사와 사랑의 호흡 명상'이다.

방법은 간단하다. 들어오고 나가는 숨을 관찰하며 숨이 들어올 때 '감사합니다' 하고 외치고, 숨이 나갈 때 '사랑합니다' 하고 외치는 것이다. 혹은 숨을 들이쉬면서 '감사'라고 짧게 말하고, 숨을 내쉬면서 '사랑' 하고 짧게 말해도 좋다. 호흡이 들어올 때 '감사합니다', 호흡이 나갈 때 '사랑합니다'라고 말하며 지금 이 순간의 호흡에 집중하여 관찰하는 것이다. 이렇게 호흡에 집중할 때 우리는 '지금 여기'에 온전히 존재한다. 과거나 미래 혹은 생각이나 망상에서 벗어나 지금 이 순간과 함께 연결된 호흡에 깨어 있는 것이다.

'지금 여기'라는 텅 빈 명상의 장에 머물면서 우주와 연결된 현재의

알아차림

순간을 통해 감사와 사랑의 파장을 우주로 보내는 것이다. 나라는 존재는 언제나 우주 전체와 연결되어 있다. 그러나 평소에 우리는 우주와의 연결 고리를 잃고 헤맨다. 평소에 끊어져 있던 우주와의 소통을 연결해주는 유일한 순간이 바로 '지금 여기'이고 현재라는 통로를 통해 우리는 우주 전체와 연결되는 것이다. 우리는 '지금 여기'에 예민하게 깨어 있어야 한다. 우리 삶에서 '지금 여기'를 반영해주는 가장 투명한 것이 바로 호흡인 것이다. 우리는 호흡 관찰을 통해 비로소 지금 여기라는 우주와의 연결 고리와 조화로운 소통을 시작할 수 있다.

그렇게 텅 빈 마음으로 지금 여기의 호흡에 머물면서 감사와 사랑의 진언을 우주로 보내보라. 그러면 무엇이 나에게 돌아오겠는가? 그것은 바로 우주 법계의, 더 깊은 차원의 세계에서 보내주는 무한한 감사와 사랑의 창조 에너지이다. 감사와 사랑의 호흡관을 통해 우리는 '지금 여기'라는 명상의 장과 연결되고 감사와 사랑이라는 우주적인 아름다운 파장과 연결되는 것이다.

이것이야말로 본질적인 진리와 방편적인 진리를 동시에 충족하는 명상 방법이다. 본질적인 진리에 다다르는 수행법이자 삶을 풍요로운 감사와 사랑의 에너지로 가득 차게 만드는 현상계(現象界)와 본체계(本體界)를 아우르는 수행법인 것이다.

또 한 가지 중요한 점은 이 호흡 명상을 통해 호흡만 감사함으로 들어오고 사랑으로 나가는 것이 아니라 나에게 들어오는 모든 것들이 감사로 들어오고 사랑으로 나가도록 할 수 있다는 것이다. 물질이든 한마디 말이든 행동이든 생각이든 그것들이 나에게 들어올 때는 '감사'한 마음으로 받아들이고, 내 존재와 함께 흘러 나갈 때는 무한한 '사랑'으로 내보내는 것이다. 밥 한 공기 물 한 모금을 먹을 때도 그냥 먹는 것이 아니라 감사하게 먹고 음식을 통해 힘과 에너지를 쌓은 뒤 그 힘으로 세상에 사랑과 자비의 일을 행하는 것이다.

감사의 숨을 들이쉬는 의미는 나라는 존재에 흘러 들어오는 모든 것을 '감사'하게 받아들이는 것이고, 사랑의 숨을 내쉬는 의미는 나라는 존재에서 나가는 모든 것은 '사랑'으로 흘러 나가게 한다는 상징이다.

모든 상황에 '감사와 사랑의 호흡 명상'을 연결해보라. 잠자리에서 깨어나는 순간 즉각 호흡을 관찰하며 들숨에 감사, 날숨에 사랑을 붙여보라. 운전 중, 지하철 안, 일하다가 잠시라도 의식적으로 호흡을 관찰하며 감사와 사랑을 연습하라. 버스를 기다리는 시간, 신호등에서 대기하는 시간, 커피를 마시는 시간, 중요한 발표를 앞두고 두근거리는 순간, 앞 차가 끼어들기를 하는 순간, 누군가에게 욕을 얻어먹는 순간 등 하루 중에 만날 수 있는 모든 시간을 수행의 순간, 명상의 순간, 삶에서 깨어나는 순간으로 바꿀 수 있다.

감사와 사랑의 호흡관은 우주의 근원과 연결되어 있는 내 본연의 힘을 이끌어내 우주가 나를 도와주도록 해준다. 내 안의 모든 세포뿐 아니라 주변의 분위기, 일의 흐름 등을 바꿈으로써 우주 전체가 나를 돕는 일에 적극적으로 나서기 시작하는 것이다.

신비롭고도 경이로우나 지극히 단순한 명상을 삶 속에서 매일 실천하라. 당장 실천하지 못할 이유가 무엇이겠는가. 매일 절이나 교회에 나가야 하는 것도 아니고, 가부좌를 틀고 몇 시간을 앉아 있어야 하는 것도 아니며, 몇 시간씩 방석 위에서 절을 해야 하는 것도 아니다. 무슨 준비물이 필요한 것도 아니고, 부작용이 있는 것도 아니며, 시간과 장소에 어떤 제약도 없다.

지금 당장 시작할 수 있는 아름다운 수행법이다. 잠시 모든 것을 멈춰 보라. 그리고 지금 당장 시작하라. 들어오는 숨을 지켜보며 '감사합니다', 나가는 숨을 지켜보며 '사랑합니다', 들숨에 '감사', 날숨에 '사랑'.

날마다 해피엔딩

나 자신에게는
아무 문제가 없다

언제 어느 때든 나 자신에게는 아무런 문제가 없다는 사실을 기억하라. 나 자신에게는 아무런 문제도 고통이나 근심도 없다. 만약 어떤 문제나 걱정거리가 생겨났다면 그것은 나 자신에게 일어난 것이 아니라 겉에 드러난, 나를 치장하고 있는 껍데기에 문제가 생겨난 것이다. 그것은 갑옷처럼 단단하며, 특정한 유니폼처럼 그것을 입고 있는 나를 규정짓고 내가 바로 그것인 양 착각하게 만든다.

그러나 내가 입고 있는 유니폼이나 겉옷 같은 껍데기에 속지 말라. 그것은 내가 아니다. 그 껍데기는 이를테면 내 성격이라고 해도 좋고 내 몸, 육신이라고 해도 좋다. 혹은 내 느낌, 욕구, 생각, 견해, 집착일 수도 있다. 나아가 내 직업, 외모, 경제력, 지위, 학력 등일 수도 있다. 우리는 바로 그것을 '나'라고 규정짓는 데 주저하지 않는다. 그래서 우리 삶의 모든 문제와 근심, 걱정이 시작되는 것이다. 이 점을 바로 알아

알아차림

날마다 해피엔딩

야 한다.

나 자신의 본질에 있어서는 언제나 아무런 문제도 걱정도 없다. 다만 문제와 근심, 걱정이 있다면 언제나 내 성격, 몸, 느낌, 생각, 외모, 돈, 욕구 따위에서 생겨난다. 그것들이 '나'라고 생각하기 때문에 그것들이 만들어내는 수많은 문제들이 곧 '나의 괴로움'이라고 착각하고, 괴로움들에 일일이 관여하고 결박당해 꼼짝달싹 못하는 것이다.

사람들은 보통 내가 누구인가를 말할 때 나의 성격을 내세우곤 하지만 성격은 내가 아니다. 그것은 다만 내가 살아온 환경과 경험 속에서 인연 따라 만들어진 것일 뿐이다. 만약 나에게 다른 경험과 환경이 주어졌다면 나의 성격은 달라졌을 것이다. 지금도, 언제라도 지금의 내 성격은 달라질 수 있다. 그리고 매 순간 성격은 변화를 겪고 있다. 언제나 성격은 현재진행형이며 종착역에 이르지 않는다. 끊임없이 변하는 성격을 '나'라고 할 수 있겠는가. 우리의 어리석은 생각이 나로 만들고 싶을 뿐이다.

그렇다면 몸뚱이가 나인가? 이 몸 또한 다만 인연 따라 끊임없이 변화할 뿐이다. 몸의 세포는 끊임없이 변화하며, 어제의 내 몸과 내일의 내 몸은 전혀 다른 몸일 수 있다는 것이 과학자들이 발견해낸 진리이다.

그렇다면 느낌들이 나인가. 느낌이라는 것도 끊임없이 변한다. 어떤 특정한 경험 속에서 느낌이 규정되어지기도 하고 똑같은 조건 속에서도 느낌은 달라질 수 있다. 욕구, 생각, 집착, 관념, 견해 들도 그것이

알아차림

‘나’라고 착각하는 것일 뿐 나일 수는 없다. 인연 따라 욕구와 집착, 생각, 관념, 견해 들도 끊임없이 생겨났다가 사라지기를 반복한다. 어제 있던 욕구가 사라지고 오늘은 또 다른 새로운 욕구가 생겨나기도 한다. 깨지지 않을 것 같던 관념들도 새로운 조건에 의해 전혀 다른 관념과 신념에 의해 무장되기도 한다.

그렇다면 당연히 외모나 경제력, 직업, 지위, 명예 등이 나일 수도 없다. 끊임없이 변화하는 것일 뿐이다. 외모도 언젠가는 늙고 병들어 시들어갈 것이고 지위나 명예, 직업, 경제력 또한 언제까지나 지속될 수 있는 것은 아니다.

이처럼 우리가 ‘나’라고 생각하는 모든 것들은 인연과 조건, 상황에 따라 끊임없이 변화를 거듭하면서 생성소멸을 반복할 뿐이다. 변치 않는 결정적인 ‘나’는 찾아볼 수 없다. 우리는 그 껍데기들을 ‘나’라고 굳게 믿으면서 죽고 살며, 내 삶의 모든 것을 건다. 그것이 근심 걱정에 시달리면 나도 따라서 근심 걱정에 시달리고 그것에 문제가 생기면 나에게 문제가 생긴 것인 양 괴로워하며 아파한다.

성격 때문에 문제가 생겨났다면 나 자신에게 문제가 생긴 것이 아니라 다만 성격에 문제가 생겨난 것일 뿐이다. 성격과 나는 동일인이 아니다. 그것을 내가 풀려고 애쓰지도 괴로워하지도 말라. 그냥 내버려 두라. 내버려 두되 다만 있는 그대로 살펴보고 관찰하라. 성격이 만들어낸 문제들을 내가 풀려고 할 것이 아니라 나는 다만 그것을 바라보는

날마다 해피엔딩

관찰자가 되면 그것으로 충분하다. 어차피 성격이 만들어낸 문제를 내가 다 풀 수는 없다. 하나의 문제를 풀었더라도 그것은 끊임없이 또 다른 문제를 만들어낼 것이고 그것을 해결하다가 나에게 주어진 소중한 생을 소비해야 할 것이다.

나에게는 스스로 반드시 해결해야 할 삶의 몫이 있다. 모든 존재들에게는 존재에게 주어진 본연의 물음이 있고 해결해야 할 자신만의 문제가 있다. 그것은 바로 나 자신을 찾는 일이다. 그 일을 풀 수 있는 해결책은 관찰자가 되는 일밖에 없다. 인격과 소유, 몸이 만들어내는 문제들을 다 놓아버리고 다만 관찰자가 되어 주시하고 지켜보는 일이 본연의 나 자신에게 주어진 삶의 근본 목적이며 모든 수행의 시작이자 끝인 지관(止觀), 정혜(定慧)의 두 축이다.

이번에는 몸이 만들어내는 문제를 보자. 몸이 만들어내는 문제에 일일이 다 관여하면서 몸에게 휘둘릴 필요도 없다. 몸도 성격과 마찬가지로 내가 아니다. 다만 내가 할 일은 몸이 움직이며 어떤 일들을 만들어내고 있는지 다만 관찰하고 주시하는 일뿐이다.

예를 들어 몸에 감기 몸살이 왔다고 하자. 그것은 다만 인연 따라 육체와 이 세상 사이의 어떤 법칙에 따라 자연스럽게 일어나는 현상일 뿐이다. 그것은 흡사 때때로 폭풍우가 몰아치고, 태풍이 오는 것처럼 자연스러운 현상일 뿐이다. 그런데 몸이 나라고 집착하게 되면 그것은 자연스러운 현상이 아니라 병적인 현상이 되고 만다. 그러면서부터 몸에 문제가 생겼다고 안달하고 괴로워하며 내 마음까지 괴롭히곤 한다. 그러나 그럴 필요는 없다. 우리는 다만 아주 멀리 떨어져서 내 몸에서 일어나는 현상들을 주시하면 된다. 감기 몸살이 자연스러운 자연현상이라 생각하고 다만 지켜보기만 하라. 감기 몸살과 나 자신 사이에 객관적인 넓은 공간, 먼 거리를 만들라.

다른 나와 동일시하고 있던 모든 것들도 마찬가지다. 욕구나 생각이 일어나고, 집착이나 관념이 생겨날지라도 그것과 나 사이에 먼 공간을 만들어 지켜보라. 아주 멀리 떨어진 곳에서 나와 상관없이 일어나는 어떤 현상을 다만 지켜보듯이, 영화 속에서 일어나는 어떤 장면들을 흥미롭게 지켜보는 관객처럼 내 삶의 연극을 지켜보라. 내 삶의 모든 문제는 나 자신이 만들어낸 것이 아니다. 내가 근심, 걱정할 것은 아무것도 없다. 나는 흥미롭고 자비로운 시선으로 주시하기만 하면 된다.

나 자신에게는 아무런 문제도 없다. 문제를 만들었다면 그것은 나 자신이 아니라 나라고 가면을 쓴 가짜들이 만들어낸 것일 뿐이다. 가짜에 속지 말라. 껍데기에 속지 말라. 나의 몸, 성격, 느낌, 생각, 관념, 욕구, 소유, 직업, 돈……. 이 모든 것들에서 '나'라는 수식을 빼라. 그들이 만들어내는 수많은 문제들에 휩쓸리지 말라. 모든 문제와 근심, 걱정 들은 나 자신의 것이 아니라 가짜가 만들어내는 것이다. 그것들은 다만 내가 바라볼 것들이지 나 자신의 실체가 아니다.